一箭之遙

張友漁◎著

林一先◎插畫

【推薦序】成長的苦澀與芬芳

臺東大學兒童文學研究所榮譽教授　林文寶

睽違三年，「誰在江湖？」的續集總算問世，主角粗小皮因為意外吃下「貫通散」，成為江湖中的紅人。他怎麼樣在險惡的江湖中保身呢？這或許是這一集最大的看點，也就是：他在江湖中如何自處？

江湖上，每個人都在尋找武林至寶「貫通散」，不過自古以來禍福相倚，當粗小皮意外吃下眾人夢寐以求的「貫通散」後，雖然瞬間擁有高超感受力，卻也為他帶來殺機與危難。儘管非他本意，但踏入武林後，已沒有回頭路，更多的磨難與挑戰等著他，而他也察覺似乎一切都變了。「武勁大賽」儼然是十四歲粗小皮的成年禮，之後他再也不是孩子了；然而江湖有規矩，江湖路險惡，他將如何面對？

一個人不可能永遠在襁褓中獲得庇護，步入江湖後，人們用各種方式爭取自身利益，各種陰謀算計、欺騙陷害都可能在生活中發生；當然，江湖也不盡然都危險重重，你可以在此結識一群死黨朋友，體驗許多美麗與至善。成長畢竟苦澀，經過江湖的調教後，生命終將轉化為一股歷久彌新的芬芳。曾經是好朋友的粗小皮與康亮，粗小皮原以爲這段友誼會是一輩子，但當他再見到康亮時，有種說不出口的尷尬與酸澀，我相信這樣的心情，你我也一定會有。這就是成長的苦澀，不過回憶永遠芬芳。

這集裡有一個特別的存在——修執師父，對我而言，他就是作者的化身。修執師父是粗小皮在江湖中的心靈導師，他曾這麼說：「人心蒙塵，這塵啊，指的就是人世間的貪婪、仇恨、嫉妒、輸贏的執著。有了這些東西，你當然會嗆到，就得咳嗽了，這咳嗽就是修正啊！」修執師父給粗小皮取的法號就是「修正」，希望他在江湖中時常修正自己，打掃沾染灰塵的心靈。

從這句話中，也可猜測作者寫這套少年武俠的初衷。十四歲的孩子已脫離童年溫室，步入青少年，原本單純的赤子之心容易被社會的大染缸給汙染，學到不好的習慣，各種生活的磨練也容易升起貪婪、仇恨、嫉妒與輸贏之心，這都在所難免，畢竟凡人都有凡心。透過修執師父，也就是作者的想望，希望這些孩子們能向粗小皮學習，將這些不好的氣息咳出去，不斷修正自己，保持善良純眞。

修執師父最常跟粗小皮說的一句話，就是：「你自己決定。」這也是這本書中最重要的一句話。無論江湖多麼險惡（儘管社會如何危險），我們總不能永遠退縮逃避；修執師父鼓勵粗小皮充分了解自己的好惡、評斷什麼才是自己想要的，然後大膽的做決定，擁抱夢想、築夢踏實，爲自己的決定負責，接下來就是體驗一切，無論陽光風雨，都能從中獲取經驗與智慧。做自己喜歡的事，永遠比做別人希望自己做的事重要，不要害怕！

粗小皮秉性善良，作者也不吝嗇的讓粗小皮總是能吉星高照、化險爲夷，獲得高人的援助與幫忙。從此也能判斷作者對於人生武林的價值觀：秉持著善意的人，一定能獲得許多朋友與資源的幫助，讓你的一生過得圓滿快樂。

最後就以一句話作結，那就是任八方最常問粗小皮的一句話：「《一箭之遙》，你讀了嗎？」然後，記住！不要喝酒，因爲酒是粗小皮的罩門。

【推薦序】

成長，就在一箭之遙！

兒童青少年心理專家 楊俐容

我是誰？

我想成為什麼樣的人？

我可以擁有剛好夠用的才能就好？還是應該追求名冠江湖的功力？

當我徬徨時，能得到良師指點引導嗎？當我孤獨時，又會有益友陪伴同行嗎？

友誼可能長存嗎？如果發生變化，我該怎麼面對？

心頭微甜帶酸是戀愛滋味嗎？為什麼我會同時喜歡不只一個人？

我可以自己做決定嗎？我有能力為自己的決定承擔責任嗎？

這些問題，不只存在《一箭之遙》主角粗小皮心中，也是我所認識的每一位少年男女——無論他們在大人心中、師長眼裡，是積極進取或桀驁不遜——心裡普遍相同的疑惑。

所以，《一箭之遙》除了滿足少年對超現實的奇思幻想、對行俠仗義的憧憬神往之外，更呼應了他們心中的永恆提問。書中沒有正確答案，沒有標準原則，然而，在跌宕起伏的情節與溫暖動人的細節裡，卻處處可見鼓舞孩子以智慧自主抉擇、以勇氣承擔責任的文字。這也是我想要邀請少年朋友一起踏上千里古道，探訪一箭之遙的原因。

在張友漁的首部少年武俠小說《江湖，還有人嗎？》中，小鞋匠粗小皮神奇地打敗了所有江湖人，成爲一位少年俠客，但他的自我意識也受到莫名的巨大衝擊。二部曲《一箭之遙》劇情延續著前書的結局展開，故事主軸卻從對大人的信賴依存，轉向對自我的獨立追尋。

一旦邁開自我追尋的步履，前方必有自我懷疑的挑戰在等候。能不能在每個需要抉擇的時刻，爲自己做出負責任的決定，標誌著一個人是不是長大成熟；然而，做決定不只是一時半刻的當下，更是反覆思索、不斷積累的歷程。粗小皮在補鞋匠與小和尚的身分之間、在對麥甜與對荀菲的感情之間、在接受與拒絕齊勵的挑戰之間，以及最終他「要讓箭飛多遠？要爲誰而戰？要成爲什麼樣的人？」的決定過程所經驗與淬鍊的，正是讓他日漸成熟的養分。

書中有一段描述：粗小皮站在師父房門口，心裡對著師父說：「這樣可以嗎？」然後粗小皮笑了起來，自己在心裡回答了：「我自己決定，是吧！我就這麼決定了。」從戒愼恐懼的每事必問，到哂然一笑的自問自答，就叫做成長。

張友漁是我非常喜歡的少年小說家，她巧妙自然地將少年成長議題化入武俠小說，這功力當屬江湖傳奇。最終，粗小皮那一箭到底射到多遙遠的地方？他是否贏了賽局？……答案都在書裡。敬邀心裡還有著年少的你/妳，一起踏上千里古道，探訪一箭之遙！

【推薦序】

江湖的深淺，江湖的溫度

暢銷奇幻小說作家　陳郁如

奇幻、推理、武俠，這三個元素的故事一直都是我的最愛。「武俠」更是華文創作上一種獨特又輝煌的體裁，金庸的武俠小說每一部我都看了好幾遍，也深深影響我的寫作方式。但市面上的武俠小說，內容還是多偏向給大人看的，從青少年角度切入的還是很少，當我知道友漁老師的《江湖，還有人嗎？》是特地爲青少年而寫，就心心念念的想要好好拜讀，現在續集《一箭之遙》也出版了，更要一睹爲快！

這兩本書，有著武俠小說必然的要素：主角在一個特殊機緣下得到高深武功；有各種炫麗招式，各種深藏不露的功夫；有不同的人物情感與交流；主角得要面對險惡的環境，接受不同的挑戰；遇到不公不義的事件，要有俠義的熱血，和溫暖的心腸。這些元素豐富了整個故事，帶領我們來到友漁老師的江湖，看盡江湖的深淺。

同時，友漁老師又不守舊，她有她的敘述方式，架構她的新武俠。首先，少年主角是個補鞋匠，擁有一個不受人注目，卻又生動無比、寫實重要的生活技能。主角個性恬淡踏實，他並不嚮往那個浩翰寬廣、打打殺殺的江湖，他也不希罕高深的武功，不求得到江湖上的名氣。但是他偏偏獲得奇功，要跟許多人對敵。他的很多遭遇都是被迫而來的。但在作者巧思安排下，他並不只有被動無奈的接受，而是在面對這些「被迫遭遇」時，必須更深刻去思考自己的信念，主動決定自己的下一步。讀著讀著，我的心也跟著揪起來，揣測他會怎麼做？會怎麼選擇？會不會這樣那樣？

不管哪種類型的小說，感情部分一定要寫得好，故事才會感人。武俠小說若只有打鬥招式，雖然刺激精彩，卻也少了悠迴輾轉，不能深刻入心。友漁老師筆下的人物都有溫度，都有情。跟老師傅一來一往、互相照應的恩情最是令人難忘；跟好朋友之間的情誼，因爲看待事情的角度不同，而有了相悖的心思，也是讓人無奈又嘆氣。少男少女之間輕盈又純眞的愛慕之情，讀著心裡泛甜。男主角走出家鄉、步入江湖後，遇到各色人物的江湖情，彷彿我們長大後進入社會的情況，眞實又驚心。

除了武俠，故事中還帶入愛護環境、保護動物的概念。這部分讓我非常的喜歡與感動。俠義之情，不只人與人，還有人與獸、人與環境。看著少年主角爲了保護奇獸而不惜與人爲敵，不惜揭穿自己的秘密，不惜用破壞阻撓貪心，這是以往的武俠小說沒有的，是友漁老師用心的概念、精心的設計。

《一箭之遙》中，我喜歡作者一個新的設定，她用一本說書人寫的書牽引著前一集《江湖，還有人嗎？》的故事往前走，由一個故事帶出另一個故事，是非常有創意的寫法。我就不說太多了，其中的奧妙，就讓讀者自己去體會，定不會讓你失望的。

【各方豪氣推薦】

在紛擾的江湖事中保持初心

「小學生都看什麼書」社團團長　Tey Cheng

每次讀張友漁老師的小說，大概看完一個章節，我就完全相信她建構的那個世界是真實存在的，每個翻頁都能在我的腦海展開一幅畫面，情緒隨著書裡的角色起伏，好奇故事後續的發展。追書跟追劇一樣，如果不能一口氣讀完，也要熬著夜看到極大值。

讀完第一集《江湖，還有人嗎？》，我就此掛心著意外一腳踏進江湖的粗小皮，他後來怎麼樣了？終於，時隔三年，我看見粗小皮走進更大的世界，在紛擾的江湖事中努力保持初心、探尋自我。

好看的故事是吸引孩子愛上閱讀的餌；故事好聽，孩子的心眼才會打開，想透過故事讓孩子明白的事，他們才看得清。這套爲孩子所寫的武俠小說，主角粗小皮十四歲年紀，就跟少年讀者相仿，那些在現實世界裡父母說爛嘴也聽不進去的道理，就讓粗小皮直接帶著讀者一起經歷吧。粗小皮的善良、貼心、仗義，讓他遇見許多美好的人和事，但凡事一體兩面，也讓他遭遇欺騙及惡人，再加上意外獲得的強大能力，讓他身在江湖，充滿了迷惘和身不由己。

他怎麼做選擇?故事裡，修執師父說：「你的人生你自己決定。」這也讓我想起《哈利波特》裡霍格華茲校長鄧不利多對哈利說過的一句話：「決定我們成爲怎樣的人的，不是才能而是選擇。」現在的每一個抉擇，都會慢慢堆砌成爲後來的自己。

要當個受人景仰的武林高手，抑或坐擁恬淡日常的補鞋匠?無關乎對錯，沒有高低。因爲孩子，這是你的人生，你得自己選擇，然後品嘗箇中滋味。

東方的奇幻與武俠

「地方爸爸與他的小幫手們」版主　王昭棠

幾年前，當大女兒開始迷上閱讀大量的西方奇幻小說後，她總是會抓住我，說著書中那些奇異冒險、那些想像力奔馳的世界景致。一天，她問起我小時候都看哪些小說，我笑著跟她說：「我小時候讀的，是名爲『武俠小說』的東方奇幻小說喔!」

相較於西方奇幻的「魔法」與「冒險」，東方武俠也藉由一個個對「絕世武術」的想像、主角一次次「行俠仗義」的經歷，交織成我們所認知的「江湖」。

而且，武俠小說多會利用中國古代背景來做世界觀的設定，所以驛站、衙門、客棧……各種存在於歷史中的生活，藉由故事躍然紙上；故事中，不同於現在的人物對話方式，孩子可以接觸到更加精練的用詞，與不同於現代書籍中的語感。

聊著聊著，我便決定幫女兒挑選一些入門的武俠小說，而當時挑的第一本，就是我和大女兒都很喜歡的《江湖，還有人嗎？》。當時大女兒讀完，帶著疑惑問我：「到底什麼是『江湖』呀？」這眞是個很難一言道盡的問題，畢竟在最新續集《一箭之遙》中，主角粗小皮離開家鄉、隻身闖蕩，也還在試著找出答案。

雖然原本的旅程初衷，只是想完成苗天準的遺願，幫他送信給家人，也因爲自己身體裡的奇藥，想幫老大夫的家人做雙鞋，來表達自己的歉意與謝意。只是路程上與各方人馬邂逅後，事情的發展似乎愈來愈複雜。在這過程中，粗小皮必須不斷地爲自己的下一步做出決定並承擔結果，而就在人與人之間不同的心思與行動的碰撞下，交織出了粗小皮自己的「江湖」。

在張友漁老師的武俠世界中，雖然不刻意強調神功與奇遇，卻仍然能藉由層層的謎團堆疊、人物之間的各懷心思，建構出一個充滿武俠風格的冒險故事。很推薦您與孩子，一起步入張友漁老師筆下的武俠世界。

「武俠」底下閃閃發光的人格價值

閱讀推廣人、資深國小教師　林怡辰

「人在江湖飄，哪能不挨刀？」三年前閱讀了金鼎獎作家張友漁老師的第一部武俠作品《江湖，還有人嗎？》，就一直念念不忘。書中的小鞋匠粗小皮，原本在牛頭村的安靜生活，因為武林高手紛紛到來而掀起波瀾。縈繞在心的，不只是故事的脈絡，而是那些不斷分化的思考和哲學叩問：你的江湖呢？今年，第二集翩然而至，到底，粗小皮還能找到他的江湖、回到他的江湖，或是改變、適應這個江湖嗎？

武俠小說的主角總是有著莫名其妙的奇遇，「啪」的一聲鎂光燈就照在身上，粗小皮也是。莫名其妙的被追捧，莫名其妙的要找你比劃，莫名其妙的挨刀，還有更多莫名其妙的事，就這樣發生在粗小皮身上。

粗小皮一心只想待在牛頭村，跟著老粗師傅修好一雙雙鞋，吃著好友康亮做的包子，看著喜歡的麥甜。可是，他身上有責任，他必須去傳話，雖然不是自願獲得神功，但他得去感謝人家，就這樣，他踏出了牛頭村，正式來到江湖。

身上的奇功是粗小皮的保護傘，卻也讓他更加危險。江湖裡爾虞我詐、身不由己、謎團處處，誰是眞的朋友，誰又是眞的敵人？在粗小皮的任務中，時不時要易容，一下子被拯救，朋友會變成敵人，還得去劫獄；有暗處裡的攻擊，也有精心設下的陷阱，起起伏伏，就像「長大」。

一頁一頁的武俠之旅，勾著讀者們的心，想盡快揭曉答案和謎團，卻又想停下來想一想書裡不斷冒出的哲思和對話。「武俠」令人著迷的，往往不是那些蓋世的神奇武功，或是足以一統天下的夢幻秘笈，武有武德、俠有俠情，在「武俠」底下的，是人格中閃閃發光的價值。不管前路多遠多難，都要有情有義的爲你做一雙鞋；不管多少利益引誘，就是想一本初衷回到自己想回的地方。情義令人感動，也涵養了孩子的正義和價值。

在成長路途中，粗小皮也有老師，可是修執師父不管粗小皮要不要當小和尚、要不要和地痞打架、要不要判輸贏爭生死，唯一一句話就是「你自己決定」。你要爲你的行爲負責，你自己決定要怎麼做，當你思考妥當、做出選擇，就要承擔後果。要判斷也要承擔，因爲，這是你的江湖。

於是，我們也跟著粗小皮，選擇、思考、判斷、承擔，本著初心和善良，靠著自我對話和反思，一如成長，孩子也要「自己決定」。

成長哪能不挨刀？誰又能無痛長大？在粗小皮的陪伴下，有懵懂感情、有相扶情義、有責任承擔，和無盡的成長叩問。歡迎你一起來到粗小皮的江湖，也映射出你的！

既是聽故事的人，也是創造故事的人

「館長小編的圖書館日常」版主　彭冠綸

傳統的武俠小說，充滿了武功密技，充滿了愛恨情仇，非得爭個你死我活不可。無論勝敗，江湖中人總有著「人在江湖，身不由己」的感嘆。而《江湖，還有人嗎？》特別的地方在於，故事的主角是個十三歲的男孩，一個補鞋小師傅——粗小皮。你會說，跟孩子談什麼江湖呢？

粗小皮只是個平凡的修鞋小學徒，卻意外被通緝犯苗天準灌下藥物，獲得了超強的功力，變成了武功高手。儘管他對江湖沒有興趣，卻身陷江湖之中。本想隱藏自己的能力，最後還是不得不為了村子的和平而站上擂臺。

江湖的勝負已定，但粗小皮內心的江湖沒有「勝負」這兩個字。他的江湖是補鞋鋪的老粗師傅，他的江湖是他的好朋友康亮，他的江湖是他的好鄰居麥甜。

粗小皮選擇暫時離開牛頭村，也揭開了第二集《一箭之遙》的序幕。他單純的想要完成送信和尋人這兩個任務，殊不知他的名號已經傳遍了大城小鎮，他不再是那個默默無名的補鞋小師傅。本以為是一個人的旅途，卻招來許多江湖人，明處暗處、善意惡意，出現在他的身旁。走出牛頭村，以為是出了江湖，卻又走入了另一個江湖。

看似刀光劍影的故事中，有一個特別的角色——說書人任八方。說書人的口，說出來的像是江湖上的故事，但自己彷彿也身在這個江湖中。江湖中的人，既是聽故事的人，也是創造故事的人。故事的最後，說書人的眞實身分曝光，完全出乎我的意料，終於知道「拍案叫絕」這四個字是什麼意思。即便有好的家世、不凡的武功，這位江湖人的願望，只是想當一個單純的說書人罷了。

《一箭之遙》的這枝箭已經射出去，飛過了山頭，串起了自己的江湖和別人的江湖。這枝箭會停在哪裡呢？等你來翻閱吧！

一箭之遙 目錄

主要人物介紹

粗小皮

十四歲，爲人善良正直，牛頭村老粗補鞋鋪的補鞋師傅。熱愛補鞋工作，最愛拿針線縫補鞋子時的片刻寧靜。雖然進入了龍蛇混雜的大江湖，看人的第一眼，總是看向那人穿的鞋。

任八方

二十五歲，身形瘦弱，寫過多本著作，喜好四處雲遊，寫書說書賣書。是個有風骨、不畏權勢的書生，該諷某官員的時候，下筆毫不留情。

修執和尚

五十五歲，修峰寺的和尚。

莫子離

二十五歲，身材高挑挺拔，個性開朗、積極，是個極有創意的人。他自己打造了一把多功能的「剷子劍」，別人覺得可笑，他卻洋洋得意。

秀才

四十歲，身形高瘦，採藥人，不愛穿鞋，不與人爭，就愛在山裡野地採集藥草，因此全身皮膚曬得黝黑。他有一把聞名江湖的「名」劍，和他交手，最好閉上雙眼。

荀菲

十五歲，帶著憂傷氣質的美麗姑娘，爲了家人扛起重責，堅強振作，勤練武功，悄悄的讓自己日漸強大，伺機展開復仇大計。

齊勵

二十二歲，中等身材，濃眉大眼，長相俊俏，箭術了得，卻只喜歡野遊。看似開朗的性格中，潛藏著陰鬱的另一面。

鄧遠

十四歲，過目不忘的天才，但無法與人交流，活在自己世界裡的少年。

康亮

十四歲，牛頭村康家包子鋪小師傅，是粗小皮的鄰居兼好友。一心嚮往成爲一個行走江湖、四處仗義的俠客。

逆風，會讓箭鏃更加熱血沸騰，破風前進！

第一章
說書人任八方

往雷爾鎮的千里古道上，只有粗小皮一人在行走。他背著背袋，穿著自己縫製的樹皮鞋，鞋底和鞋面都是樹皮材質。樹皮經過反覆敲打，軟化乾燥後，就可以剪裁縫製，內層加兩層布料就不會摩擦皮膚，他還在鞋底多縫了幾層棉布當鞋墊，讓兩腳保持舒適，這一趟出門，要走的路可多了。

經歷了衙門廣場的武勁大賽，粗小皮漸漸覺得一切都變了。大家看他的眼神變得很怪異，彷彿他只是長得像粗小皮卻不是眞正的粗小皮，每個人都想把他看個仔細，以便分辨他是小鞋匠粗小皮，還是那個爲了保護紫嚕嚕獸把眾多高手踢飛的少俠粗小皮？他很不喜歡被這麼注視。

粗小皮覺得自己得離開牛頭村一段時間，讓大家冷靜冷靜，也許當他再度回到牛頭村，大家都不記得他和紫嚕嚕獸的事，他就能變回老粗補鞋鋪的小鞋匠。

離開牛頭村踏上千里古道的那一刻，他有一種如釋重負的輕鬆感，但隨即又因爲自己竟然會有這樣的感覺而覺得羞愧，老粗師傅和二師兄艾吉因爲自己出這趟遠門，不知有多擔心。

太陽高掛天空，只有古道下方的拉庫拉庫溪能分到部分陽光。入秋了，吹來的風涼颼颼的，粗小皮看著對岸森林拉了拉衣領，楓樹上的綠葉慢慢轉成紅色，有些葉子已經紅透，有些正羞答答的緩緩跟上，淡黃、嫩紅、深紅，一棵楓樹竟然可以同時呈現這麼豐富的顏色。

當年，爲何不是這一片美景，將人引來千里古道，而是涼茶亭前的那根冰涼鐵柱呢？提著劍的人，眼裡只有殺氣，少了溫柔，自然見不到這美景了。

粗小皮來到第三座涼亭，養鴨老劉居然坐在涼亭裡喝茶。涼亭裡只有老劉一人，石桌上卻擱著兩個杯子。

老劉給他送行來了。

「喝茶，賞景。這景啊，只有這時節有。」老劉看著對岸多彩的森林喝了一口茶後說：「牛頭村今天太吵了，讓人受不了。」

粗小皮看著另一只茶杯已經斟滿茶：「這杯茶，是爲我準備的？」

老劉伸手做了一個請用的手勢，粗小皮端起杯子緩緩的將茶喝下。

「那天，你踢飛了幾個高手，救下那獸。」老劉停頓了一下，喝口茶，再幫粗小皮的茶碗斟滿茶。「這一趟路，可不輕鬆啊。那天，你救獸心急，那急啊，從你內在爆發出驚人的力量。未來，就很難說了。」

粗小皮聽著，他完全明白。

「你就像一塊內裡藏著寶玉的普通石頭，你可以慢慢練練，抖掉那一身粗礫，彰顯你的價值。你也可以保留你現在的樣子，低調的過著日子，寶石就在你心裡。」

老劉彎下腰在地上撿起一根樹枝，猛地回身將樹枝朝粗小皮的兩腳劈打過去。粗小皮蹬起雙腳俐落閃過。老劉直起身子，雙手背在身後，帶著微笑看著粗小皮，忽然又抽出樹枝，往後退了一步後彈跳起來，高高的舉起樹枝往粗小皮的頭頂擊打下去。粗小皮本能的轉身閃躲，並揮手打掉樹枝。

「老劉，你這是幹嘛，你往死裡打呀！」粗小皮驚訝的叫了起來。

「你不是閃過了嗎？」老劉說：「眞有天賦啊，小粗師傅，從沒練過武也沒拜過師……」

「我有練過的。」粗小皮沒等老劉把話說完，便接話說著：「你記得武勁大賽裡有個人叫刁明，他的名字也曾刻在武林鐵柱上。他拿了把破劍，閃功一流，我記住他閃、擋的技巧，他也算我的師父，只是他不曉得，我也沒特別告訴他。」

老劉點點頭：「嗯，我的顧慮看來是多餘的。風和聲音，永遠快一步，你已經學會眼觀四面，耳聽八方，手腳協調了。」

「你再快一點就打到我了。」

「要知道，永遠都會有比你快的人。」老劉拿起擱在石凳上的黑色布包，遞給粗小皮：「帶著，信我一次，你會需要的。」

粗小皮捏了捏布包，軟軟的，猜想大概是衣服或是頭巾毛帽之類的東西。他沒打開看，就收進背袋裡了。

老劉在空杯上斟茶：「喝完這杯茶，快快趕路去吧！」

兩個輕裝打扮、背上背著劍的人走過涼亭，他們不經意的看了粗小皮一眼，臉上沒太多表情，繼續走自己的路。粗小皮望著他們的背影，來牛頭村看熱鬧的吧！千里古道上最傳奇的人，創造武勁大賽的關鍵人物就坐在涼亭裡，像一個普通老頭兒在那兒喝茶、賞景，卻沒有人多看他一眼。

這是一種境界，是他最想和老劉學習的東西。

粗小皮舉起杯子將茶一飲而盡：「謝謝了，老劉。這茶眞好，等我回來，爲我備張椅子，一起喝茶。告辭了。」粗小皮朝老劉握拳打揖後，轉身，頭也不回的踏上古道。

老劉意味深長的望著粗小皮離去的背影，輕輕的嘆了一口氣，將視線拉回到對岸美麗的森林。

那一聲嘆息，粗小皮聽在耳裡了，他的心情沉重了起來。沒有人知道千里古道上的黑衣人就是老劉，幾十年來，他把自己隱藏得很好，日子簡單到只有養鴨和喝茶。而自己呢？自己這張臉和名字是否已經被眾人知曉？也許能認出自己的人，現在還在衙門廣場上喝酒吧！

但願此行一切順利，快快去，快快回。

粗小皮來到禮讓彎，一個五歲的小女孩在這頭哭著一步都不肯走，她娘在一旁打了她兩下屁股，也無法讓她移動半步，氣得一邊跺腳一邊罵著：「天就要黑了，你要拗到啥時候？背你也不肯，讓你自己走也不要，你說，我們要怎麼回雷爾鎮去？」

粗小皮從背袋裡抽出兩根蘭草，靈巧的雙手很快就編出一隻蚱蜢，他微笑著將蘭草蚱蜢送給哭泣的小女孩。小女孩立即停止哭泣，接過蚱蜢，用水汪汪的大眼睛瞧著。

「哥哥背你過去，好嗎？哥哥會小心的穩穩的走，保證不會跌下懸崖，好吧？」粗小皮放下背袋，彎下身將背向著小女孩。小女孩遲疑了一下，便趴在粗小皮的背上。粗小皮直起身子：「你往上看著天空，等會兒要告訴我天上有幾朵雲喔。」

粗小皮背著小女孩緩緩的走過禮讓彎，將她放下後，問著：「有幾朵雲啊？」

「三朵。」小女孩伸出三根手指頭說著。粗小皮拍拍她的頭，轉身走回去背上自己的背袋，再走一次禮讓彎。面對小女孩她娘一疊聲的感謝，粗小皮只是以微笑和點頭回應，然後快步離去。

一直到走出千里古道，進入雷爾鎮，特地挑選這間離熱鬧街區較遠的小客棧，粗小皮這才意識到自己被跟蹤了！

一條古道直達雷爾鎮，沿路都是峭壁危岩，古道下方是幽暗峽谷溪流，這條路再簡單不過了，古道上行走的商旅，按照自己腳程的快慢，忽而落後又隨即超越別人都是正常的事。古道上那兩個背劍的男人，忽前忽後的一直和自己保持著十來步遠的距離。粗小皮不動聲色地穿越街道，走進一間涼茶鋪喝涼茶，那兩人就走進斜對角的青草茶鋪喝青草茶；最後，他住進了這間客棧，那兩個人也跟著住進這間小客棧。

粗小皮思來想去，認爲自己一來身無鉅款，二來沒有仇家，三來沒搶人家姑娘，四來沒欠任何人東西；五來，苗天準硬塞進他身體裡的東西，他也無法吐出來送給人家，他們跟蹤他想幹嘛呢？不會那麼巧同時住進這間客棧吧？也許是自己疑神疑鬼想太多了，就只是這麼巧而已。

粗小皮並不想在雷爾鎮逗留，他打算明天一早就搭船過明鏡湖，再走過招搖山，腳程快一點，天黑之前就能走到東大城。他這趟出門，可不是來旅行賞景的，得抓緊時間，如果順利，也許五、六天後就能回牛頭村了。

回想整件事，彷彿就發生在昨天。就在他成爲師傅的那天清晨，有個身受重傷的人出現在老粗補鞋鋪，要他把腳上的傷縫補起來，他後來才知道那個叫苗天準的人在東大城搶走老大夫辛苦研發的貫通散，還將老大夫打死。總之，粗小皮收留了他，讓他待在柴房休息，給他送食物送酒。苗天準大概知道自己就要死了，竟然將從老大夫那裡搶來的貫通散硬是送進他的身體裡，讓他昏迷了三天，差一點死去。苗天準交給他一封信，拜託他到東大城交給「兔子」。兔子是閨女？還是兒子？還是妻子？

這是他此行的任務之一，替苗天準送信給兔子。另一個任務，就是他得到東大城找到老大夫的中藥鋪，爲他的家人每人做一雙鞋子。雖然老大夫不是因他而死，但是他身體裡的貫通散和老大夫有關係，為他家人做雙舒適的鞋子，表達他的歉意，只有這麼做，他的內心才能得到平靜。

粗小皮放下背袋，洗了把臉後，走出房間，走出客棧。他餓了，得找家飯館吃晚飯。他朝著熱鬧的街區一路走去，整條路鋪著小石子，人們長年走著踏著，把每一顆石子磨得晶亮光滑。他一路走一路逛著街邊的小店，賣籮筐的、賣糕餅的、賣鞋的，粗小皮站在鞋店門口看了一下，有草鞋、布鞋，還有幾雙昂貴的獸皮鞋擺在店裡櫃子上。

店裡的伙計走出來招呼，看見粗小皮腳上穿的樹皮鞋，很是驚奇，便問：「你穿的是什麼鞋呀？沒見過呢。」

「樹皮做的鞋。我自己做的。」粗小皮得意的說。

「樹皮鞋呀，新玩意兒，可以批給我們幾雙擺賣嗎？」

「只有這一雙，獨一無二。」粗小皮說。

身後傳來一陣吆喝聲，粗小皮離開鞋店，走到對面一間飯館，伙計在店門口大聲的拉客：「進來坐，進來坐，吃飯，聽故事。就要開始了。」

飯館裡的位子幾乎要坐滿了，粗小皮趕緊走進去找了位子坐下，叫了一碗湯拌麵，等著聽故事。雷爾鎮真是新鮮，吃麵還能聽故事。

一個眼大眉粗的年輕男子穿著一襲灰色短衫，灰色寬褲，黑色綁腿下穿著一雙黑色布鞋，那布鞋舊了，起毛邊了。他抱著一落裝訂精巧典雅的書走進飯館，將書擱置在靠

牆的一張小桌上，極其珍貴地將書收攏整齊，然後看著大家。

「在下姓任名八方，我爹給我取了個好名字，八方任我遊啊！今天來到雷爾鎮，給各位講個故事，大家就把這個故事當下酒菜吧！」任八方朝飯館裡的每一個食客看去，彷彿在打量聽眾的知識水平，他特地多看了粗小皮兩眼，才轉移視線。

「很久很久以前，有兩個村莊，面向日出的那個村莊挨著山，樹林裡的山豬老闖入村子吃莊稼，村子就取名『山豬窟』；緊鄰著山豬窟的村莊，村子裡有個乾涸的大池塘，蓄不了水就變成坑，坑底朝著天，就取名『望天坑』。」

聽到這裡，粗小皮不由得笑了起來，山豬窟和望天坑，和牛頭村一樣，名字老土，卻有趣。

「這兩個村子為了中間一塊地的產權，爭吵了二十年，那塊地大約，嗯，」任八方停頓下來，用眼睛丈量了飯館大小：「那塊地大概有三、四十間飯館這麼大。兩個村都窮啊，都認為那是自己村裡的地。山豬窟村長打算在那塊地上蓋間小客棧，收入用來建設村子，再花錢把圍牆築起來，不讓山豬來。望天坑想在那塊地蓋間小書房，招收學子增加些收益，改善改善村子。為什麼是小書房？因為村子裡有個知書達禮又博學多聞的夫子。山豬窟村人老嘲笑望天坑村：『小書房就蓋在那個大天坑不就好了，坑大得可以蓋十間書房哪！』望天坑村人不甘示弱也酸回去：『在那裡開客棧，給山豬住是吧！哈哈，只有山豬會去住。』」任八方說著說著自己也笑了起來。

這個故事把食客們也逗樂了。

粗小皮真心佩服這個說書人，把故事說得跟真的一樣。

「這態勢，看來還有二十年可吵了！」

「誰也不擁有那塊地，不就好了嘛！」

「人就爭一口氣，何況都爭了二十年了，不繼續爭，前面二十年不就白爭了嗎？」

「不然就共同擁有，做啥都行。」

食客們對這個故事很感興趣，麵都吃完了，還不走。

粗小皮想著，如果老粗師傅也在這兒聽這個故事，他肯定會說：「你說這人哪，說有多蠢就有多蠢，把力氣浪費在這種小事上。」

「然後呢？快說，趕路哪！」食客催促著。

「別急，路就在那兒，不會消失。」任八方不疾不徐，端起茶碗喝了口茶，繼續說：「直到，有一天，有個背著弓箭的神秘人路過這兩個村，看見有個石板寫著『鮮味麵館』，畫了個箭頭指向山豬窟。他朝著山豬窟走去，卻被人從背後給拉住：『先生，我們望天坑有更好吃的湯麵，保證讓你吃得心滿意足。』遠遠的，鮮味麵館伙計看見了，也衝出來搶客。兩方人馬就這麼拉扯著這個過路人，差點沒把這人扯成七、八塊。

「這人後來也火了，他怒吼一聲，甩手轉身，就把一群人全都甩飛到地上。當他知道這兩個村子爲了這塊地吵得沒完沒了，他提了一個點子：『我站在望天坑這頭，射出一枝箭到山豬窟那頭，就是一枝箭飛行的距離，箭的落點處和此刻我站立的地方，你們就在這兩個點上，各蓋一個射箭臺。每年的今天，各派一人出來，誰先射中對方，這塊地就屬於那個村子的。』難得有人出主意，兩個村子很快就同意了。於是，那個過路人，就在這頭射出第一枝箭，所有的人就看著那枝箭飛出去……那箭飛呀飛……」

任八方停了下來，端起茶碗喝了口茶，放下杯子，面帶微笑看著大家。

「然後呢？」

「箭飛過山頭了是嗎？」

「不會飛那麼遠吧？」

粗小皮對這個故事很感興趣，他聽到了，這是「第一枝箭」，一定飛遠了，不算數，會有第二枝箭。

「最後，誰贏了那塊地？」

任八方很滿意聽眾的反應，他拍拍桌上那一大落書本說道：「箭飛過山頭了是嗎？很想知道是嗎？呵呵，買本書回家，都寫在書裡了。」

「你這不是戲弄我們嗎？故事說一半，吊人胃口？」有人不高興了。

「這街上有人賣鞋，有人賣布，合腳了，喜歡了，才買。我是這本書的作者，說半個故事給你們聽，剩下半個花錢買，很合理吧？」任八方拿起腰間摺扇，「唰」一聲，張開扇子搧了起來：「你也可以不買。我任八方從來不強迫人。我可以告訴你們，每一個字都是我一筆一筆親手謄寫的。現在買下，將來等我出名了，這書就值錢了。」

粗小皮覺得這個人眞是太有意思了，和他說的故事一樣有趣。他走過去，拿起書看了看，封皮上用黑色粗邊框住「一箭之遙」這四個字。

「一箭之遙。」粗小皮唸出書名，抬頭對任八方說：「我猜，箭不僅飛過山頭了，現在還在飛。」

任八方大笑起來：「小兄弟的說法很有意思。箭如果還在飛，兩個村子的問題怎麼解決？」

「等啊，等箭落下呀！」粗小皮說。

「我們又不是天上的鳥，怎麼知道箭還在飛？」任八方問。

「兩個村子並不想解決問題，所以箭永遠也不會落下。箭落下了，這故事就太一般了。」粗小皮說完也笑了，他知道自己實在扯太遠了。

有人過來拿起書翻了兩下，看到標價，叫了起來：「這麼貴，一本書的錢可以吃二十碗麵了！」說完，把書放回去。

還眞貴，但粗小皮想買回去讓麥甜和康亮讀一讀。他從兜裡取出錢來遞給任八方：「我想知道這兩個村後來怎麼了。」

「小兄弟不拖泥帶水，瀟灑乾脆，多謝了。」

粗小皮帶著書走出飯館，他回頭看了一眼，有五個人等著付錢買書。這人賣書的方式眞是一絕呀！自己眞是開了眼界了。

《一箭之遙》，老粗師傅、麥甜和康亮一定也會喜歡這個故事。

回到客棧，房間裡有兩壺水，一壺飲用，一壺用來梳洗。粗小皮將水倒進盆裡，用毛巾簡單的梳洗、擦拭後，拿出任八方寫的《一箭之遙》，躺在床上打算先讀一下結尾。粗小皮睜著惺忪的睡眼，一頁都還沒讀完，就累得睡著了。

第二章　渡河

夜裡，粗小皮夢見老粗師傅了，好久沒縫製鞋子的老粗師傅，居然在縫一雙大鞋子，是一般成人鞋子的兩倍大。粗小皮問著：「師傅，您給誰縫鞋子呢？這人的腳好大呀！」老粗師傅說：「給紫嚕嚕獸縫雙鞋子。」粗小皮很驚訝：「紫嚕嚕獸腳底的皮很厚，不用穿鞋子。」粗小皮話才說完，場景立即轉換到森林裡的岩石區，老粗師傅拿著一隻大鞋子朝紫嚕嚕獸走過去，粗小皮在後頭跟著。紫嚕嚕獸趴在地上，彷彿正在等老粗師傅的到來。老粗師傅來到紫嚕嚕獸跟前，蹲下來，叫粗小皮過去幫忙把紫嚕嚕獸的左前腳抬起來，這一抬，粗小皮才發現紫嚕嚕獸的腳斷了。粗小皮唉叫了一聲，內心一陣痛楚，然後他醒來了。

粗小皮坐在床上，一時半刻還沒清醒過來，還想著老粗師傅怎麼知道紫嚕嚕獸的腳受傷了？他平日很少入山的。想著想著才逐漸清醒，原來是一場夢啊！才出門兩天就想家了。

粗小皮整理好行李，走出房間，走出客棧大門，他被眼前的景象嚇得倒退三步！客棧前擠了滿滿的人，他們看見粗小皮走出來，立即一擁而上。

「小粗師傅，我們是雷爾鎮最大的武館，是否有幸請小粗師傅到館裡吃頓飯……」

「小粗師傅，我們想和你談宗生意……」

「小粗師傅，小粗師傅……」

「我們家老爺重金聘請小粗師傅到家裡當貼身保鏢……」

粗小皮嚇死了！他掙脫這群人的拉扯，跌跌撞撞的退回客棧，卻不慎與一個正要走出客棧的住客撞上了，兩個人都摔倒在地上。

客棧伙計看見門前一片鬧轟轟，還讓客棧住客摔倒，趕忙跑出來，一邊把大門給關上一邊叨唸著：「回去吧！人家無意幫你們幹活，別這樣糾纏人家。」

粗小皮和那人起身後，兩個人都顯得驚訝。

「小兄弟，你也住在這客棧呀！真有緣哪！」任八方熱絡的說著。

「任先生，沒想到還能再見到你。」粗小皮撿起摔落地上的背袋，拍了拍背袋上的塵土。

「你和那些人有仇啊？」任八方好奇的問。

「我也不知道他們想幹嘛，大概是認錯人了。」粗小皮敷衍著說：「我先回房，等會兒再走。」粗小皮沒等任八方回應，趕緊轉身走上階梯回到自己房間。

粗小皮在房裡一邊踱步一邊想著，他們怎麼都認得自己？又怎麼知道他住進這家客棧？誰在通風報信？是那兩個跟蹤自己的人嗎？知道他在武勁大賽裡把幾個人給踢飛的人，還留在牛頭村新衙門廣場前狂歡呢！自己的拿手絕活是補鞋，他們竟然要請他去當保鏢、去當武師、去教人武功？粗小皮抓下頭巾，抓了兩下頭皮後，重新戴上。他再度摘下頭巾，頭巾讓別人一眼就看出他來自牛頭村，還是別戴了。但是，頭髮還沒長出來呢，頂著一個大光頭多不自在呀，而且天氣冷了，著涼了可不好。不然換戴毛帽，不成，他們已經認得他這一張臉了。

粗小皮走出房門，下樓，大門還關著，他從門縫看出去，那些人都沒離開，還來了更多的人。如果一路這樣糾纏，他絕對無法在短時間內到東大城把那幾件事辦好。

粗小皮又回到房間。不然，就多住一晚，半夜三更再出門，待在明鏡湖邊等天亮第一艘船，但是這樣就多耽擱一天。要不，就想法子讓大家認不出他就是粗小皮。他打開背袋，想找找是否有東西可以改造自己。他看見麥甜編織的大草鞋和小草鞋，還有他成爲師傅那天麥甜特地爲他編織的小圍裙，他把玩了一下，還拿到鼻尖嗅聞，藺草的味道眞好聞。粗小皮拿出老劉送他的黑色布包，打開一看，竟然是一頂假髮，一撮小鬍子，還有一套農夫的工作服。

老劉竟然是個先知啊！早就猜到他會遇到今日的窘境。粗小皮趕緊換上老劉爲他特別打點的裝扮，這樣應該沒人認得他了吧？粗小皮低頭瞧見自己的鞋子，這雙乾淨的樹皮鞋不適合這身裝扮，他換上麥甜編織的草鞋，用黑色布巾把背袋包裹起來，再從頭到腳把自己打量一遍，眞是滿意極了，他背上背袋走出房間。

一走出房間，任八方剛巧也走出房間，兩人互看了一眼，也都愣了一下。

「你……」任八方指著粗小皮。

「我……要走了。」粗小皮點了一下頭後，轉身下樓。

伙計幫忙打開客棧大門，客棧前擠滿了人。粗小皮頭戴假髮，鼻下黏著假鬍子走出來，引起一陣騷動，聚集在客棧前的人群趨前一看，此人並沒有綁頭巾，旋即讓出路來。粗小皮穿過人群，朝明鏡湖走去，遠離人群時，他回頭看了一眼，那些人還在傻等呢，他調皮的笑了起來。

粗小皮來到明鏡湖渡船頭，十幾艘船在湖邊輕輕的晃著，發出相互碰撞的聲音，水鳥已經飛在湖面上捕魚了。一艘載滿了乘客的船行到湖中心，船的航行讓身後的湖面畫出優美的尖山線條。

「坐滿就開船，坐滿就開船，先來先上船。」船伕在岸邊招呼著。

一艘船只有七、八個位子，岸邊等候搭船的就兩個人，粗小皮付了錢後，跨上船找個位子坐下。他又摸了兩下黏在鼻下方的假鬍子，它老是搔他癢，但他得忍耐，唯有如此才能在不被干擾的情況下盡快抵達東大城。

粗小皮看見從千里古道就一路跟著他住進同一間客棧的那兩個人，神情淡定的站在湖邊，看起來不像衝著自己來的，反而像在送行。

又有幾個人上船，一個穿著丈青色僧袍的僧侶在粗小皮對面坐下，他的動作很輕，輕到連船身都沒有晃動。所有的人都面向前方坐著，這僧侶卻偏偏要背對著前方，面向大家坐著，兩眼盯著大家瞧，這讓粗小皮覺得渾身不自在。這時，有個人硬是擠到了粗小皮身旁的位子，讓船身晃動得幾乎要翻了。粗小皮看了那人一眼，竟然是任八方！這也太巧了吧！粗小皮轉過頭去，假裝不認識他。

「開……船！」船伕大喊一聲，握著木杆划動槳板，船緩緩的離開岸邊。

「小兄弟，嘿，小兄弟。」任八方拍了拍粗小皮肩膀，小聲的說：「如果不是見你從客棧房裡走出來，連我也被你騙了。」

「任先生，請勿張揚，我是不得已的，門前那群人你也看到了。」粗小皮小聲說著。

「一箭之遙，你讀了沒有？」

「還沒呢，我打算有空再讀。」

「你很忙嗎？」任八方繼續追問：「忙什麼呢？」

「事情辦完，就有空了。」粗小皮看著任八方：「任先生，這書我也買了，不如你先把後面的故事說給我聽，如何？」

任八方臉色一沉，拿出摺扇，「唰」一聲打開搧著。

「小兄弟識字嗎？」任八方問。

「當然識字啊，」粗小皮說：「只要能當名字用的字我都認得，大多數的字我都認得。」

「這故事，是用字寫的。聽故事和讀故事是不同的境界，懶人聽故事，智者讀故事……」任八方發現坐在對面的僧侶正歪著頭斜眼看著他，一臉的不以爲然。

「方丈爲何……」

「別叫我方丈，我又不是。」

「你身穿僧服……」

「我喜歡僧服，僧服寬大舒服。」

「你爲何不和大家一樣，面朝前方，這樣盯著大家瞧，讓大家不自在……」

「那不關我的事，自在那東西在你身上，你得自己學著如何自在。」看似僧人的僧人說完，還用目光掃過每一個乘客的臉，那洞悉一切的銳利眼神，彷彿能隔著皮膚和肌肉割傷你的心。每個人盡可能的閃避那可怕的注視。

任八方轉頭看著遠方，調適心情。船上無語，只有水鳥的叫聲，以及船伕划動槳板的水聲。

粗小皮又摸了兩下假鬍鬚。

僧人收回望著遠山的目光，望向粗小皮背後的那個人。

粗小皮和任八方因著好奇，循著僧人的目光轉頭望去，就在粗小皮背後坐著一個披頭散髮的中年男子，拿著一把小刀削著一根小樹枝，將樹枝削得細長尖銳。粗小皮忽然感覺到背脊一陣寒意一路竄到後腦勺。這人想幹嘛呢？

「你削這玩意兒做什麼用呢？」粗小皮小心翼翼的問。

「這船上有三個絕世高手，我得防著。」那人說。

「絕世高手，你這根牙籤防得了嗎？」任八方問。

三個絕世高手？粗小皮這下好奇了，他側身轉頭看了看船尾搖櫓的船伕，曬得像個黑炭，全身肌肉精實，肯定不是他，他看起來就一副搖櫓人的模樣。其他人看起來就是一般老百姓，一點也不像什麼絕世高手，他看著眼大眉粗長得有點兒俊俏的任八方，不會是這個書生吧？寫書的作者能稱得上是絕世高手嗎？坐在最後一個位子的是一個大嬸，穿著一襲素色碎花短衫，同色系長褲，看起來也不像絕世高手。另兩個是白髮蒼蒼的老人。要說看起來像個高手的，就是這僧人。

「他每一次上船就削木棍，削竹片，每次都認為船上有三個絕世高手。每一次都這麼說，總會有一次說得準。也許，這一次眞準了呢！」船伕一邊搖櫓一邊笑著說。那表情似乎在說，這削樹枝的人是個瘋子！

那男人停止手上的動作，轉過身去將削得像牙籤一樣尖銳的樹枝朝船伕射過去。那樹枝俐落的插在船伕的大腿上。

船伕一言不發的拔掉樹枝，將樹枝扔回去，插在那瘋子手臂上，那人忍不住「唉唷」一聲。

船伕還眞有兩下子呢！

那男人拿出第二根樹枝削了起來。

船就快要靠岸了，渡船頭站著幾個準備搭船的人，其中還有三名捕快，似乎正等著這艘船。

船上的人面面相覷，相互打量，誰看起來最像通緝犯？

「小兄弟，他們不會是等著抓你的吧！」任八方笑著說。

粗小皮沒理會任八方，因爲他聽到了三名捕快的交談。距離岸邊還有一段距離，但他還是清楚聽到了，有個人在吹口哨，另兩個人在說話。

這三套捕快服花了我不少錢。

這是唯一能逮住他的機會。

一個小鞋匠，是不會抵抗衙門的捕快的。

逮住他後，灌他酒，然後綁起來。

但是，他不在船上啊！船上唯一的光頭是那個和尚，他看起來滿老的……

沒關係，也許在下一艘船上。

他無論如何都得過明鏡湖。

他們果眞是在等他，竟然假冒捕快要抓他！

第三章 醉酒了！

船緩緩的靠岸。船伕跳下船，站在岸邊的木橋上拉繩，將繩子綁在橋邊的木樁上。湖畔有個草棚，棚子裡有六匹馬，馬伕站在草棚前招呼著：「騎馬一個時辰就到東大城了，碼頭租馬，東大城城門口還馬。需要馬嗎？大爺，租匹馬吧？」

削樹枝的男人下船後，直接走向船伕，再度舉起削尖的樹枝刺過去。船伕一個轉身搶下樹枝，折成兩半扔進湖裡。那男人忿忿的站在湖邊，很快的又跳上另一艘準備回航的船。

果然是個瘋子！船伕一臉無奈，但也莫可奈何。

大嬸走向草棚，選了匹馬，付錢，飛身上馬，吆喝一聲，揚長而去。粗小皮看得目瞪口呆，那大嬸好俐落啊！另外兩個老人也騎上馬，飛也似地不見了人影。

粗小皮看著那些奔走的馬，心想如果自己也會騎馬該有多好呀！

僧人呢？僧人彷彿不曾存在般的，消失了！怎麼可能，也不見他騎馬離開，怎麼就不見了？粗小皮朝四周找尋，還眞不見了。難不成他潛入水底了？

粗小皮正準備起程前往東大城，卻被三個假捕快攔住，其中一個還拉住他的手臂。

粗小皮鎮定的問著：「怎麼了，大人？」

那人指著粗小皮背袋上掛著的麥甜用稻草編織的小鞋，問道：「這鞋你自己編的嗎？」

「大人，這鞋牛頭村買的，有問題嗎？」粗小皮回問。

「沒事沒事，走走走。」那人揮了揮手。

粗小皮快步離開，他得趕路了。

任八方在後面追趕著：「小兄弟，你也要去東大城的吧！咱們一起走，路上有個伴不無聊嘛，是吧！」

「我得趕路了，你追得上，就一起走吧！」粗小皮說。離開牛頭村不是來交朋友的，他不想為任何人耽誤行程。

任八方為了能跟上，還眞的也加快了步伐。

「任先生雲遊四海，踏遍八方，說故事賣書，眞是逍遙啊！」粗小皮見任八方氣喘吁吁，稍稍放慢了腳步。

「小兄弟怎麼稱呼？以什麼為生啊？」

粗小皮愣了一下，萬萬不能說自己是來自牛頭村的鞋匠啊！

「家裡養鴨。在下姓米名糠，米糠。」粗小皮隨口說著。

「米糠？嗯，眞特別。米姓少見。」

粗小皮又抓了抓鼻子，他覺得自己已經無法忍受這鬍子了。

「小兄弟，這山路上又沒人，你其實可以摘下頭套和鬍子，戴著它們多難受呀！」任八方說。

說得也是，路上沒什麼人，不如摘下假鬍子，假髮還是戴著。粗小皮正動手要取下鬍子，卻聽到遠處傳來馬蹄聲，粗小皮和任八方趕緊退到一旁讓馬匹先過。兩名捕快騎著馬經過，他們看了粗小皮和任八方一眼，其中一名捕快拉住馬，掉轉回頭，來到兩人面前，對著任八方說：「任八方，縣太爺請你去說說你那本書的事情，你是不打算去了？用請的不來，是要五花大綁是嗎？」

「我不是不去，是忙，你看我這才剛剛下船。到東大城後，得空就一定去。」任八方要賴皮了。

另一名捕快坐在馬背上，一副準備下馬的姿態說：「今天撞見了，不如就把他帶回衙門。」

「大人，大人，湖岸邊有三名假捕快。你認為抓假捕快比較重要，還是抓一個書生重要？」粗小皮趕緊出聲轉移話題。

「你怎麼知道他們是假的？」其中一名捕快問道。

「我就是知道。你們過去看一眼，也會知道。如果我說謊，你們就把我和任八方一起抓起來。」粗小皮說。

任八方看了一眼粗小皮，不悅的說：「抓你就好了，抓我幹嘛！我可沒看出他們是假捕快！」

「反正我們也要去湖邊，我想你沒那膽子騙我。任八方你自己斟酌，下次再見到你，就休怪我們無禮了。」

兩名捕快掉轉馬頭，朝明鏡湖狂奔而去。

「你怎麼知道那三名捕快是假的？我怎麼看都是眞的呀！」任八方好奇的問。

「我聽到他們說話。他們正等著某個人，打算抓住他，然後灌他酒，再綁起來。捕快服是花錢買來的。」

「就你聽到，我怎麼就沒聽見？」

「距離有十幾個船身那麼遠，你可能聽不到，但是我聽見了。」

「小兄弟好耳力啊！」任八方一臉驚奇與羨慕。

「任先生做了什麼，必須向縣老爺交代？」粗小皮也好奇了。

「我寫了本書，書名叫《黃金三百兩》，影射的就是那縣老爺。他用五百兩半買半搶人家一塊值一千兩的土地。」

「你好大的膽子啊！縣老爺居然沒把你抓到牢裡關起來？」粗小皮非常震驚，居然有這樣的縣太爺！居然有這樣的寫書人！

「我只是影射，也沒說是他。他拿出五百兩，我寫三百兩，他硬是要說我在寫他。

他心裡有鬼，卻要我去回話，沒道理嘛！」任八方停頓了一下繼續說：「他就是要問我還有多少存書，是否都已經銷毀了。」

粗小皮看著任八方，忽然對他多了幾分敬意與欣賞，這個書生算是個有正義感的文人哪！

「《黃金三百兩》這本書在你的背袋裡嗎？我想買一本。」

「早賣光了，好多年前寫的。」

「怎不多謄寫幾本，這書肯定好賣。」

「縣老爺到處找人買回這些書，我再謄寫就眞要吃牢飯了。」

任八方突然加快腳步往前走，一點也不想再談這本書。

兩人來到一棵樹下歇息，任八方拿出一個燒餅掰成兩半，一半遞給粗小皮。粗小皮也餓了，接過燒餅吃了起來。

吃完燒餅，粗小皮右手撐在樹幹上，他感覺到這棵樹的觸感和其他的樹很不同，黑褐色的樹皮，裂成一塊一塊，裂開的樹皮間有一層厚軟的具有彈性的淡黃色的東西。他用指甲戳了幾下，這下樂了起來。他從背袋裡拿出小刀，小心翼翼的切下一小塊，拿在手上壓了壓，滿意極了，這東西如果做成鞋墊，走起路來肯定很舒服。他在別處又割下幾塊。他提醒自己，這些樹皮是保護大樹的衣服，別取太多。他把軟墊收進背袋裡，心裡想著要給老粗師傅做一雙柔軟的鞋。

粗小皮和任八方在天黑之前來到一間名爲「隨便住住」的客棧。這是在荒野中唯一的一棟房子，客棧透出的燈火，讓人感到安全與溫暖。

「今天到不了東大城了。距離東大城還得走上半天，我們在客棧歇一晚吧！這間客棧是爲我們這種腳程慢的人開的。」任八方伸了一個大懶腰，以一副完全解脫的模樣走向客棧。粗小皮站在原地看著任八方的背影，想著以自己的腳程趕路到東大城絕對沒問題，任八方是個書生，走路慢，話又多，明天也許又要天黑才能抵達東大城了。

任八方見粗小皮沒跟上來，很是驚訝：「東大城比雷爾鎮大幾十倍，我們先在這個小村子住一晚，明天一早就可以直接前往東邊城門。你想摸黑走夜路？別傻了，夜裡山路上有狼有熊出沒啊！」

有狼有熊？騙我的吧？粗小皮不信，也不怕。我連紫嚕嚕獸都不怕了。

「留下來，吃飯的時候，我跟你說《一箭之遙》的故事？」任八方拋出誘餌，見粗小皮猶豫不決，又說：「米糠第一次到東大城是吧？你不知道路，可是會迷路的喲！路上岔路多，這條路我閉著眼睛都會走，你就不一樣了。」

也對，迷路了，要花更多時間去尋找正確的路。粗小皮妥協了，和任八方一起走進「隨便住住」客棧。

客棧大堂瀰漫著一股粗小皮非常喜歡的氣味，是蒸包子的麥香味兒，多想念康亮家的鴨肉包子啊！

兩人辦妥了住房登記，繳了錢，趕忙坐下叫了籠包子，和一碗菜湯。任八方還叫了一壺酒，要了兩個碗，斟滿酒，將其中一碗推到粗小皮面前。

粗小皮把碗推回去：「我不喝酒。」

任八方又推回去：「喝點酒，身子暖和，好入睡。」

「我不喝酒也好入眠。不喝，不喝。」粗小皮再一次將酒推回去：「任先生別再勸酒了，我不愛喝。」

「世上竟然有不愛酒之人。李白〈月下獨酌〉詩中有云：『天若不愛酒，酒星不在天；地若不愛酒，地應無酒泉；天地既愛酒，愛酒不愧天。』」任八方吟完詩，端起碗來將酒一口飲盡，把粗小皮面前的那碗也喝了。

詩人李白愛酒，老粗師傅愛辣醬，養鴨老劉愛茶，康亮愛學武，麥甜愛編織，各有所愛呀！他呢？他愛什麼呢？毫無疑問，他愛補鞋。

「這甜麥酒釀得真好啊！」任八方拿起酒壺又問了一次：「真不試一下？」

「這酒，甜的？」他無法忘記苗天準灌給他的酒又苦又辣又燙，然後就是烈火焚身的痛苦。

任八方重新將酒倒進碗裡，再推到粗小皮面前。這回粗小皮沒有推回去，他端起碗喝了一小口。粗小皮揚了兩下眉毛，這酒不苦也不辣，帶點兒清甜。他又喝了一口。

「說吧，你不是要說《一箭之遙》的故事嗎？」粗小皮拿起第二顆包子咬了一口，等著聽故事。

「一箭之遙，這箭啊，搭在弓弦上，拉滿弓，射出去的箭可不是每一枝都穩穩的飛。這箭，有書生的箭、婦人的箭、小童的箭、左撇子的箭……每個人射出去的箭距離都不同……」任八方的話硬生生的被從大門走進來的五名捕快給打斷了。

粗小皮看了一眼，差點兒被嚼到一半的包子噎著！這五個捕快有三個是岸邊的假捕快，兩個是眞的，他們怎麼走到一塊兒？

任八方也嚇得瞪大雙眼說：「糟了！這五個捕快，要不，全假的，要不，全眞的。不管眞假，米糠，你都完了！」

粗小皮緊張了，在路上他取下假鬍子，現在還帶著假髮頭套，希望他們沒留意這個細節。

「小兄弟，你是個危險的人，你在雷爾鎭不知幹了什麼，這麼多人在找你。再跟你同行，我遲早沒命。我們就在這裡分道揚鑣吧！」任八方站起身想溜，卻被其中一名捕快壓回座位上。

五個眞假捕快就坐在粗小皮和任八方鄰桌。

七個人你看我，我看你，誰也沒說話。

粗小皮眨了兩下眼睛，那五個人的面目慢慢變得模糊，他覺得頭有點暈，又看了一眼桌上的酒碗，他只喝了兩三口怎麼就醉了！這個時候醉酒，眞不是件好事。他看向任八方，任八方正瞪大雙眼看著他。

「我……你……」粗小皮忽然感覺到身體在發熱，一股熱氣更衝上腦門，是喝醉了嗎？他整個人癱軟的滑倒在地上，全身無力動彈不得，感覺有人在搬動他的身體，扯掉他頭上的假髮。

有人在說話，說什麼呢？身體好燙呀！

這小傢伙……這麼瘦小……小心別折斷他的手……我的鞋破了……我們……我就不信……姑娘，姑娘你別……這是你自找的……

粗小皮聽到激烈的打鬥聲，刀劍碰撞的鏗鏘聲，還聞到一股很好聞的藥草的香氣，接著他感覺自己被抬起來，又被重重的摔在地上。這一摔，他暈了過去！

第四章　小和尚修正

粗小皮睜開眼睛，發現自己正躺在一間簡陋草屋的草堆上，陽光從竹編的牆縫裡斜斜的擠進來，多道陽光照在粗小皮的臉上和身上。他眨了眨眼，感覺頭頂涼颼颼的，一摸，假髮不見了！他坐起身四處察看，柴堆前有一個用石頭堆砌的簡易小灶，有一個已經燒成黑色的鐵鍋，鍋下還有幾塊燒熄了的黑炭；角落還有一個大水缸，蓋著一個大木盆。這可能是某個農家或獵人搭建的小屋。粗小皮往後方一看，嚇了一跳，有個人坐在那兒，是船上那個怪僧人！他正盯著自己看著，陽光從他背後竄進屋裡，讓他看起來像個發光體。

「我怎麼會在這裡？這裡是哪裡？」粗小皮問著，沒等僧人回答，他想起來了：「啊，是，我喝醉了。」

僧人說：「以後別跟任何人喝酒。要不是那個姑娘把你從他們手上搶過來，你現在大概已經被抓去餵野狗了。」

「那個姑娘又是誰呢？怎麼有這麼大本事救我呢？」

「我怎麼知道？」

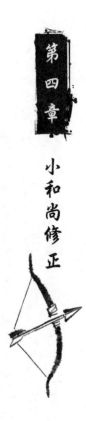

「那你怎麼會在這兒？」

「我跟著那姑娘來的。她把你扛到這兒來，給你煮了粥，人就走了。」

「你一直在這兒？」

「我不能讓你在這兒凍死，或是被野獸給吃了。」

「你見我沒醒來，應該把粥吃了。」

「我吃不了。那姑娘每天都來給你煮新的粥。」

這姑娘是誰呢？怎麼這麼好。

「你可知那些人抓我做什麼呢？那五個捕快，啊，」粗小皮叫了起來：「任八方呢？被捕快抓走了嗎？」

「他早不見人影，怕是溜走了吧！」

粗小皮冷靜下來，想起任八方不斷勸酒，有何企圖呢？他知道自己喝了酒就會不醒人事？

「我昏睡了幾天？」

「睡了五天吧。」

粗小皮整個人從草堆上彈了起來：「五天！我竟然睡了五天！」老粗師傅可能每天都對著路口張望，等著他回家哪！他卻連一件事都沒有辦好！他就這麼睡了五天，老粗師傅會等得多心焦呀！粗小皮四下張望了一下，看見自己的背袋靠著牆立著，他走過去拉開背袋，拿出頭巾綁上：「我得走了，我還有事情要辦，五天，耽擱太久了。請問這裡是哪裡？有路去東大城嗎？」

「不管你要去哪裡，永遠都有路。只是走得遠和走得少的問題而已。」僧人說：「現在很多人在找你，你這樣子走出去，很快就又要醉倒了！」

「他們找我幹什麼？」粗小皮又問了一次，問完，他忽然暈了一下，肚子發出飢餓的咕嚕聲。

「你會什麼，別人就找你幹什麼！」

「補鞋嗎？我的補鞋技術跟老粗師傅比起來還差遠的呢！」粗小皮心裡明白，絕對不是補鞋這件事。

「你知道那是什麼。」僧人冷冷的說。

粗小皮安靜下來，他當然知道那是什麼，只是他眞的常常忘記他擁有那東西。

「誰家需要搬個大水缸都要找我幫忙是嗎？」粗小皮叨唸著，他覺得自己不過是力氣變大了而已。

「你有兩個選擇，一嘛，待在這個草棚，直到頭髮長出來，沒有人認得你是牛頭村的粗小皮。二嘛，出家當個小和尚，反正你一個大光頭，剛好。」

「你怎麼知道我來自牛頭村？還知道我的名字？」

僧人不回答任何問題。

「我才不要出家當和尚。我得給老粗師傅做飯，老粗師傅不吃素。」粗小皮著急的說著：「待在這個草棚直到頭髮長出來，那可不是十天半個月的事，是幾個月來算的呀！老粗師傅等不到我回家會心急。」

粗小皮愈說愈感到虛弱無力，他坐了下來。

「鍋裡有粥，你把粥熱了再吃。」僧人語調溫柔的說著。

粗小皮餓得發暈，他移動到鍋前，打開鍋蓋，旁邊有一根木杓子，他舀起冷冰冰的粥吃著，就用嘴裡的溫度把粥溫熱了再嚥下肚。他實在餓昏了，等不及生火把粥熱了。

粗小皮把粥吃完後，僧人才開口說話：「當和尚，你還是能去辦自己的事，也沒人綁著你。」

「我沒有……」粗小皮正想說他沒有和尚的衣服可以穿，僧人指著粗小皮身旁躺著的一個花布包。粗小皮打開來，正是一套冬天穿的丈青色的僧服和一雙灰色的僧鞋，以及一頂保暖的灰色毛帽。

「穿不穿，你自己決定。」僧人起身站在草棚門口。

只有這個法子了。粗小皮沒猶豫太久，便脫掉自己的衣服，換上和僧人一樣的僧侶服，把擺在一旁的草鞋小心的收進背袋裡。

「事情辦完，我是要還俗回牛頭村的。」粗小皮說。

「你自己決定。」僧人說：「從現在起，你不叫粗小皮，也不叫米糠，你是法號修正的小和尚。」

「方丈……」

「不要叫我方丈。」僧人臉上出現難得嚴肅的表情說：「我來自櫟樹森林的修峰寺，法號修執。」

「修執師父……」粗小皮怯怯的叫了一聲。

「嗯，把這裡收拾好，就可以走了。」修執走出草屋。

粗小皮走到水缸那兒，舀水將鐵鍋和木杓子洗乾淨，這才走出小屋，追上已經走上小徑的修執師父，在他身後追問著：「我們要走去哪兒？」

「東大城。」

山徑兩旁是茂密的森林，兩人走在長滿雜草路跡隱約可見的山徑上，走過一個轉角，粗小皮看見山腳下的「隨便住住」客棧。那姑娘將他背到山上來，可要費好大的勁兒呢！

兩人走了半天的路，終於走進東大城。修執師父熟門熟路的在巷弄裡兜來轉去的走了好一會兒，才在一間看起來古老又樸素的木造客棧前停下來。這間客棧可真有意思，取名「無塵客棧」。

修執師父直接走進客棧，客棧大堂沒有櫃臺，沒有伙計，沒有桌子、椅子，靠牆的地方有一張圓桌，桌子上放了一尊微笑佛像。粗小皮看見圓桌上有一層薄薄的塵，他伸

無塵客棧

手抹去那塵。

「這裡提供出外的僧侶住宿休息，離開的時候，你得把客棧裡裡外外打掃一遍。廚房在那裡，你也得把水煮好才能離開。」修執師父說：「這裡的『塵』指的是你心裡的塵，不是事物表面的塵。當心裡無塵，萬事所見的塵，就只是個物。」

塵是怎麼進入人心的呢？吸入灰塵，人不就要咳嗽了嗎？

「人心蒙塵，這塵啊，指的就是人世間的貪婪、仇恨、嫉妒、輸贏的執著。有了這些東西，你當然會嗆到，就得咳嗽了，這咳嗽就是修正啊！身體裡的烏煙瘴氣都得咳出來。這就是爲什麼我的法號叫修執了，修我的執著啊！」修執師父看著那尊微笑的佛像平靜的說著。

粗小皮相當的震驚，修執師父竟然能聽見他心裡的聲音！

門邊擺著一個木箱子，箱子正面寫著「隨意」，箱子上有個細長的方口子，讓人投錢。修執帶著粗小皮走過長廊，長廊兩側是一扇又一扇的門。兩人走到底，是兩間相對的房間，修執打開他身後那一扇門：「我住這兒，你住對面那間。你很自由，想幹嘛就幹嘛去，不用跟我說，但是你每天都得回到這裡來，得讓我看到你，明白嗎？爲什麼你得這麼做？因爲你法號叫修正，就得守這裡的規矩。」

粗小皮點點頭，問著：「我是小和尚了，不能吃肉了是吧？」

修執依然是那張嚴肅的臉，他說：「你自己決定。」

國有國法、佛有佛法、家有家規，吃不吃肉竟然可以自己決定？修執師父也太隨便了吧？

粗小皮開門進房，房裡的陳設簡單，一張床，床上有枕頭和一床棉被，床邊有一張矮木桌，桌上放了個瓶身已經斑駁不堪的水壺，水壺旁擱著一只杯子。粗小皮喝了兩杯水，躺在床上，嘆了一口長氣，努力回想在郊外客棧那天晚上究竟發生了什麼事。

粗小皮摘下毛帽抓了抓頭皮，亂七八糟想了一堆，也不敢妄下結論。只能提醒自己，不能再喝酒，喝酒會出事。

粗小皮看見背袋上綁著的麥甜編織的小草鞋，忽然一陣心痛，自己已經是小和尚了，還能偶而想念麥甜嗎？還能吃康亮家的鴨肉包子嗎？

第五章 兔子

粗小皮睡了一個好覺，天剛亮就出門了。

修執師父的房門虛掩，房裡悄然無聲，大概還在睡吧！

替苗天準送信給兔子這件事，粗小皮把它擺在前頭，因爲苗天準很準確的描述過他住家的位置與屋頂的顏色。

東大城北邊城門尾端，
一棟木頭建造的房子，紅色屋頂，
左邊門柱上用小刀刻了兩隻兔子。

東大城實在太大了，粗小皮完全搞不清楚東南西北方向，只好一上路就問人，很順利的找到北邊城門。古時候因爲戰亂的緣故，東大城在城市邊緣修築了圍牆，在四個角落建造了四座城門，所有進出東大城的人都必須經過盤查。粗小皮來到北邊城門，城門空蕩蕩，已無官兵戍守。有人告訴他，出了城門往北走三天，就是大京城。

北城城門左右兩側是城牆，往左右兩端延伸出去，粗小皮沿著右側城牆邊走著，隔著街道，對面一整排全是木造房子，全是營生的店家，米鋪、籮筐店、賣豆腐腦的、賣涼粉的、賣鞋子的、飯館、肉鋪……粗小皮遠遠的就看見紅色屋頂，那紅色屋頂實在太顯眼了。

粗小皮沿著城牆邊朝著紅色屋頂走去。

紅色屋頂前方路上聚集了一大群人，傳來刀劍碰撞以及打鬥的斷喊聲。

一男一女在紅色屋頂的房屋前打了起來。那男子鬍子拉碴，理著平頭，雖然身材肥胖，並不影響他施展拳腳，手中鐵棍使得還算俐落。那姑娘看起來才十五、六歲，手上拿的是一把只有三齒的鬆土用的耙子，身手還不錯，但是力氣弱了點，好幾次將那人的鐵棍困在兩齒之間，卻無力將它甩落。那姑娘的體力漸漸不支，她的耙子被打飛，耙子飛向圍觀的人群，飛過粗小皮頭頂上空時，粗小皮跳起來伸出右手便接個正著。他將耙子還給了姑娘。

「交出來吧，交出來我就不爲難你。」那平頭男子說。

「根本不知道你要什麼東西。」

「你爹苗天準一定把東西交給你了。」

「什麼東西？」

「就是一個東西。」

「不管是什麼東西，不是你的，你這樣硬搶，就是土匪。」

「你要說我是土匪，你爹才是個大土匪。」

那姑娘火大了，她尖著嗓門大叫著：「如果眞有那東西，還輪得到你來取嗎？我爹死後，每天有多少人來我家？小偷白天來，晚上也來，把我家都翻了個遍，眞有什麼鬼東西也早被偷走了，還輪得到你這癟三？」

那男子遭取笑是癟三，這下更氣了，掄起鐵棍準備再進行一次攻勢，沒想到他伸出的鐵棍卻被突然跳出來的另一名男子的劍鞘給打落。那中年男子皮膚黝黑，短捲髮，穿著一件淡藍色短衫，同色系長褲，褲管一路捲到了膝蓋，露出兩條黝黑的小腿。粗小皮很驚訝，這人竟然沒穿鞋子！他的腳因爲長年沒穿鞋子，看起來特別寬也特別大。

「眞是夠了，你丟不丟臉？一個大男人欺負一個小姑娘？」赤腳男子說。

「我是替老大夫討公道來的，你別管閒事。要不然我對你不客氣。」平頭男子撿起鐵棍，擺好架式。

「老大夫的死跟這個姑娘有什麼關係？別爲了你那自私的心找理由。那是她爹幹的，跟她沒關係。」

「苗天準已經死了。」平頭男子說。

「苗天準死了，也跟她們母女沒任何關係。」

「你要嘛讓開，要嘛拔劍，別在那裡說教，沒人愛聽。」平頭男子又揮了兩下鐵棍。

「也好，我的劍也需要透透氣、吹吹風，順便打磨打磨。」赤腳男子拔出他的劍，圍觀的人都笑了起來。那把劍生了滿滿的鐵鏽，劍一出鞘，剝落的鐵鏽還四處亂飛。

「啊，上次拔劍是什麼時候呢？久到我都忘了呢。」赤腳男子說。

「連自己的劍都不會保養的人，我就不信你有啥本事。」

接下來就是平頭男子的鐵棍不斷的積極進攻，赤腳男子的劍不斷的擋，他一邊擋一邊甩拉自己的劍，每一次甩拉，現場就鐵鏽紛飛。圍觀群眾紛紛往後退，那些鐵鏽飛進眼睛裡可就糟了！

有個人從粗小皮身後撞了他一下，他回頭望去，不確定是誰。圍觀群眾太多了，推擠是難免的事，粗小皮也不以為意。

粗小皮看著兩人過招，發現赤腳男子擋下鐵棍後，下一個動作是將劍貼著鐵棍往下收甩，那一剎那他會立馬閉眼轉頭，閃過那些甩落的鐵鏽，接著移位，將對手逼向那些翻飛的鐵屑。

平頭男子開始不斷的眨眼，鐵鏽飛進他的眼裡了。赤腳男子趁虛而入，抽走對手的鐵棍，扔在地上。

「別再來找人家麻煩了。」赤腳男子收回自己的劍，拿近眼前看著，劍上頭的鐵鏽幾乎都在對決時磨掉了，他滿意的說：「嗯，雖然沒有光亮照人，但是磨掉一身的鏽，劍很高興。」

平頭男子閉著眼睛，痛苦的蹲下身子。

「誰給這個人一臉盆水，把臉埋進水裡，在水裡眨幾下眼睛，那些鐵鏽就會掉出來了。」赤腳男子將劍插回劍鞘，轉身就要走。

「這位大叔，敢問大名，來日答謝。」苗家姑娘追上前去。

「大家都叫我秀才，哈哈，不用參加科舉考試，我也可以是秀才。」赤腳秀才從人群中鑽了出去：「回家了，沒戲了，別看了。」

「謝謝秀大俠。」苗家姑娘朝著秀才的背影喊著。

平頭男子急著進入某戶人家要來臉盆，處理他眼裡的鐵鏽去了。人潮漸漸散去，最後只剩下粗小皮、苗家姑娘和一位婦人站在紅色屋頂屋前。

那婦人想必就是苗夫人吧！

「小師父真是對不住，如果要化緣請到別處吧！」那婦人拉著那姑娘轉身就走進屋裡，正把門關到一半，粗小皮趕忙出聲說道：「夫人，我不是來化緣的，是受苗天準之託來送信的。」

門虛掩著，婦人在門後，屋裡一片靜寂。

鄰居家的煙囪冒出一陣濃煙，一直到濃煙散去，婦人才出聲問道：「一個死人，怎麼還能託人送信？」

「有個在他過世之前最後一個和他說話的人，委託我來的。」粗小皮用懇切的語調說著。

屋裡又陷入一片沉寂。

沒多久，厚重的木門再度被拉開，婦人站在門口問著：「我怎麼知道你眞是苗天準拜託來的？」

「他說，北城門邊，紅色屋頂，門柱上有兩隻兔子。」粗小皮走到門柱旁，門柱上沒有兔子，只留下一片被刀片刨除後的粗糙凹痕。他摸了摸那塊曾經有兩隻兔子的地方，刨除的刀痕看起來極亂，也許是有人在盛怒之下將它刨掉。粗小皮指著刨除痕跡說：「這裡曾經有兩隻小兔子。」

苗夫人的眼眶紅了，盈滿了淚水，沒多少人知道那裡曾經有兩隻小兔子！

她抹掉眼淚，邀請粗小皮進屋。

苗夫人拉開其中一張凳子，請粗小皮坐下。粗小皮一坐下便看了苗夫人的鞋子，黑色布面又舊又髒，左腳側邊縫線已經爆開，不用多久，這鞋的側邊會完全爆裂；包覆後腳跟的護套被踩在腳底，穿著這雙鞋跑不了，一跑鞋就會掉。

屋裡陳設簡單，灶上有個大蒸籠，正在蒸煮著什麼。灶旁立著一個大木櫃，櫃子裡擺放著許多小碗。看來母女倆靠著蒸籠裡的什麼糕或是什麼包之類的東西維生。

苗家姑娘從後院走出來，走到桌前坐在粗小皮對面。

「說吧，那可惡的傢伙，讓你送什麼東西來？」苗夫人說。

粗小皮從背袋裡拿出一個布包，打開布包拿出半件血衣，一封信，還有一小袋的銀幣：「那天清晨，天還沒亮，苗天準摔下懸崖受了重傷，從深谷爬上村子，有個人幫他把腿上裂開的皮肉縫起來。苗天準就用這半件衣服把縫好的傷口包紮起來，他懇求那人將這封信和這袋銀幣送給兔子。」粗小皮將苗天準丟在桌上請他縫合傷口的那些銀幣也一併奉上了。苗天準的錢他一個子兒也不要。

母女倆聽著聽著，眼眶蓄積的淚水漸漸滿了出來，母女倆壓抑不住悲傷的情緒，抖著肩膀啜泣起來。

粗小皮看著姑娘問：「你就是兔子？」

她點點頭，沒有說話，用袖口抹掉淚水。

「你是最後見到那傢伙的人？」苗夫人問。

「是牛頭村裡的某個村民。」粗小皮謹愼的說著：「他讓我來的。」

「他自己爲何不來？」苗夫人問。

「他有自己的事要忙，牛頭村到東大城路途非常的遠。」爲了不想再惹麻煩，粗小皮不得不說個小謊，讓自己眞的變成一個小和尚：「我和師父四處遊走，所以就幫了這個忙。」

「那傢伙的臭皮囊怎麼處理？葬在哪裡？」苗夫人繼續問。

「葬在牛頭村第十三尖山的墓園裡，因爲是通緝犯，所以……沒有設立墓碑。」粗小皮說。

「大家都知道苗天準是個通緝犯，那個村民為何還願意幫他的忙？」苗夫人問。

「他說，他只看到眼前這個人今天的困難，看不到他昨天的壞，只是一個小忙而已。他還說，苗天準臨死前曾說，對不起家人，對不起被他意外打死的人。可見他心裡的某個地方依然存有善念。」粗小皮說。

苗夫人和兔子安靜下來，兔子拿起桌上那封信打開來看。看著看著，眼淚又滾了下來，她將信遞給母親。

「既然已經完成苗先生所託，我也該告辭了。」粗小皮起身，打算離開，但是看見婦人的鞋子，又停了下來：「你的鞋子壞了，我可以幫你補一下。」

苗夫人低頭看看自己的鞋：「小師父也會補鞋？」

「學過一點點，剛好夠用。」粗小皮說：「麻煩你脫下鞋來。」

苗夫人年紀和康亮他娘差不多，一副豪邁的樣子，立馬將鞋子脫下來遞過去。粗小皮從背袋裡拿出簡易的補鞋工具包，這是他當師傅的那一天大師兄田貴送他的。他抽出針線，很快就將婦人的鞋子縫好，後腳跟的護套還縫上了一塊牛皮，讓護套可以直挺挺的發揮保護作用。就連沒壞的地方也刻意縫了一圈，這鞋保證她再穿一年也不會壞。

粗小皮遞上補好的鞋，將工具收拾妥當，背上背袋：「那麼請夫人和兔子小姐保重，我先走了。」說完便往大門走去。

兔子忽然叫住粗小皮：「大家都說苗天準是江湖惡人，但，他是我爹，是我們的家人，我們想知道他怎麼死的？到底是否眞如傳聞那樣……」

「傳聞怎麼說的？」粗小皮問。三個人又回到桌邊坐下。

「傳聞說，他在千里古道遇見牛頭村的捕快，在古道上抵抗了一天一夜，最後寡不敵眾，身負重傷，摔下懸崖。他卻在隔天從懸崖爬上來，端坐在牛頭村衙門大門口，死了。」兔子說。

粗小皮搖搖頭說：「苗天準摸黑走古道，撞到黑呼呼的獸，那獸一掌就把他打下懸崖。他受了重傷，爬出懸崖，有個人幫他縫了傷口，拿了包子和酒給他。他知道自己的時間到了，爲了不連累幫助他的人，他才在半夜來到衙門，坐在那兒……」

婦人和兔子紅著雙眼安靜的聽著。

「他很感慨，自己終於能打敗天下人了，那獸卻一掌就把他拍下山崖。」粗小皮說。母女倆同時露出苦笑，苗夫人感慨的說：「他一生都在練武，一心想要成爲天下第一，最後竟然被一隻獸推下斷崖……」

「他們還說，我爹身上藏有另一份貫通散？」兔子問。

粗小皮遲疑了一下，才說：「這我就不知道了。」

「老有人闖我們家，找那什麼鬼散！」苗夫人抱怨著。

「那獸，是熊嗎？」兔子滿眼憂傷的問。

「不知道。他自己也不知道吧！夜很黑，還沒看清楚就被……」粗小皮說。

屋裡一片靜寂。

兔子轉頭看著她娘說：「咱們去一趟牛頭村，找到爹的墳……再去謝謝那人，那人住在哪兒呢？」

粗小皮謹慎起來：「如果你們想謝謝他，最好就別去找他，沒有人知道他收留過苗先生。」

「嗯，也是。」苗夫人點頭同意：「別讓恩人爲難。」

「我知道的就這麼多了。」粗小皮再一次站起身：「我眞的得告辭了。」

「小師父，我想拜託你一件事。」兔子從腰間取出一塊比巴掌小一些的方形物品，用絲巾小心翼翼的包裹著。兔子打開方巾，將它推到粗小皮面前：「這是我爹交給我的東西，他囑咐我一定要保管好，如果家裡缺錢就拿去賣了。我不知道這是什麼東西，我猜想這大概也是從那位老大夫那兒搶來的吧！也許那些闖進我家的賊們，找的就是這東西。」

粗小皮只看了一眼，就知道那是什麼。

那是紫嚕嚕獸的獸皮！

他在雷爾鎮的鞋子材料行見過這東西，他甚至在十三尖山的林子裡和這獸短暫相處過。那麼一小塊，都不夠用來做一隻鞋的鞋底，苗天準爲何這麼寶貝這東西？

「小師父知道這是什麼東西嗎？」苗夫人問。

「我不知道。」粗小皮必須撒這個謊：「看起來像樹皮之類的東西。」

「我們不想要這東西，這是那可惡的傢伙搶來的東西，麻煩小師父幫我們把它處理掉。」苗夫人提高音量說著，說完抿著嘴唇，神情看來又氣又傷心。

突然間，有個人影從大木櫃和牆壁之間的縫隙鑽了出來，一個箭步來到桌邊，伸手要搶桌上那一小塊東西。粗小皮反應極快，瞬間捉住了那人的手，用力反轉，那人痛得哇哇大叫，伸出左手揮向粗小皮，左手也被粗小皮抓住。粗小皮用力將那人往外推，那人在地上翻了兩翻後連滾帶爬的逃了出去。

兔子姑娘追了出去。很快就又進屋，看來是追丟了。

「不應該放走他的，至少要問問他潛入我家到底想找什麼東西？」兔子忿忿的說。

「肯定就爲了這東西嘛！」苗夫人將獸皮往粗小皮面前推去：「不管這東西有什麼用處，我們都不要。麻煩你了，小師父。」

粗小皮收下了獸皮，走到大門邊，苗夫人和兔子送粗小皮出門口。

粗小皮站在柱子旁，又看了一眼曾經刻有兔子的位置。

兔子走過去，摸著那被刨掉的粗糙的表面：「這裡曾經有兩隻正在奔跑的兔子，是我爹在我出生那天刻下的。聽說他打死了老大夫那天，我憤怒的拿刀剷掉那兔子，我太氣他了。但是現在，我想念他，想念他是我爹的這部分……」

粗小皮點點頭，對著婦人和兔子雙手合十，行了個禮，離開了苗家，離開了街市。

粗小皮走出北城門，來到一處長滿野草的荒地，挖了一個小坑，拿出切割牛皮的刀子，將那塊獸皮一小片一小片的切下來，埋進土裡，還刻意將它和泥土混在一起。只要他能力所及，他就要盡一切可能阻止大家使用紫嚕嚕獸的獸皮。

第六章　市集修鞋

粗小皮走回北城門，找了間素食館吃了飯，吃完才發現自己的錢袋不見了！什麼時候掉的？還是被扒走了？是在苗家屋前被人推了一下那時候嗎？如果是，這賊的手腳也太俐落了吧，在他毫無察覺的情況下，從他的腰間把錢袋摸走了？

這下好了，他又忘了雷爾鎮被打劫的教訓，把所有的錢放在一個錢袋，現在沒錢付帳了。他困窘的坐在桌邊，不知如何是好。

老闆娘發現粗小皮到處翻找錢袋，她笑咪咪的走向粗小皮：「小師父，別慌，這頓飯小店請客。」

「我的錢袋被偷了！」

「東大城裡就是賊多，這賊真沒良心，連出家小師父的錢都偷。沒關係的，我很願意請小師父吃飯呢。」

「那真是不好意思了！」粗小皮看了看老闆娘的鞋子，鞋子看起來沒問題。「你家有壞掉的鞋子嗎？我幫你補一補抵飯錢。」

「鞋沒壞。小師父別放心上，小事一件。」

粗小皮謝過店家後，心裡盤算自己身上沒半毛錢，得掙些錢才行。他經過一個熱鬧的市集，決定在一個角落弄個補鞋攤子，一天補三雙鞋，就夠吃飯；再多補三雙鞋，就可以付房費；如果有更多人補鞋，就可以孝敬修執師父。

粗小皮席地而坐，拿出簡易補鞋工具，將牛皮圍裙穿上，再把一塊寫著「補鞋」兩個字的小木板拿出來，靠著背袋擺著。然後，他看著路過的人的鞋子，安靜的等著。

市場人聲鼎沸，馬車車輪滾動的聲音，馬伕的吆喝聲，攤販的叫賣聲，此起彼落。走了一輛馬車，旋即奔來兩輛；走了一批背著菜籃的販子，又來了另一批扛著紅蘿蔔的小農，這熱鬧的景象在牛頭村那小山村可從未見過啊！

一雙大紅花鞋在粗小皮面前停住，粗小皮抬起頭，是一個大嬸，兩手提著兩大罐醃蘿蔔。

「小師父，你這樣不行的，你看大家腳步走得這麼急，你得出聲喊喊，讓人家知道這裡有個補鞋攤。我剛剛看到有個人鞋子都破了，如果他看見你或聽見你在補鞋，肯定會停下來。」大嬸好心提醒粗小皮。

粗小皮還想著出聲叫喊那多不好意思呀，沒想到熱心大嬸放下手上提的兩大罐醃蘿蔔，說：「我幫你叫一下。」接著便將兩手圈成喇叭狀，用力的喊著：「補鞋喔，想補鞋的人請到『六和雜糧鋪』前。補鞋喔，想補鞋的人請到雜糧鋪前。」

儘管那大嬸發出她這輩子最大的聲量，她的聲音眨眼間便淹沒在吵雜的人聲裡，只有周圍幾十步距離的人聽得見。

大嬸發現自己的聲量沒有很大，幫不上忙，尷尬的對粗小皮說：「你叫叫看，用丹田發聲。」

雜糧鋪的年輕伙計從店裡跑出來。

「我來試試，我的嗓門可大了。」伙計清了一下喉嚨，深吸一口氣，張口大喊：「補……鞋，想補鞋的人請到六……和……雜……糧……鋪……」那「鋪」字聲音拉得特別的長。

這聲音比剛剛大嬸的聲音響過一個街口，伙計有點失望，認爲自己高估了自己的聲音。他從兜裡拿出幾枚銅錢塞在粗小皮手裡：「小師父請收下。」粗小皮慌得趕緊抓住伙計的手將錢退回去：「謝謝小哥，我不化緣，我修鞋掙錢。」

伙計低頭看看自己的鞋：「下次鞋壞了讓你修。」說完便回鋪子忙活去了。

「你要不要自己叫喊一次，偶而這麼大聲吼叫，還眞是舒坦呢。」大嬸說。

「那好吧，我試一下。」粗小皮站起來，深呼吸後，用力的吼出，吼得全身都顫抖了：「修鞋，想修鞋的人請到『六和雜糧鋪』。」

粗小皮的聲音就像山上廟宇的鐘響，震懾著市場裡每一個有聽覺的人和動物，連貓狗都嚇得怔住，樹上棲息的鳥兒們也群起飛離枝頭。連粗小皮自己都嚇了好大一跳，他從來不知道自己可以叫得如此響亮。

有一下子整個市集被這聲音震懾住了，安靜了下來，但只有兩個呼吸的吐納時間，隨即又恢復吵雜喧囂的熱鬧模樣。

「小和尚眞是深藏不露啊！我就說嘛，大吼大叫多舒暢啊，你看你這一叫，叫出多大本事啊！」大嬸讚賞的說，說完提著兩大罐醃蘿蔔離開了。

很快來了兩個人要補鞋，有個人的鞋底穿了個洞，粗小皮爲它補上一塊牛皮；另一個人是右鞋鞋尖破了個大洞，破在那個地方極爲少見，大概是摔倒擦出來的。沒多久，來了更多人，有五個人在排隊。粗小皮手腳俐落，沒讓客人等太久，一個個帶著滿意的笑容離開。

粗小皮面帶微笑一針一線的縫著鞋，他多麼喜歡將針刺進鞋子邊緣把破洞縫起來的感覺，雖然在街邊補鞋不比鞋鋪裡舒適，工具也不那麼齊全，但已經讓他非常滿足了。

之前在牛頭村，縫補的鞋子大都是背伕的，出了牛頭村就開了眼界啦。這雙鞋子的主人是個做糕點的吧！鞋底鞋面都是麵粉，舊的麵粉卡在縫裡，新的沾在鞋面上，鞋子如果會說話，肯定有好多故事說給你聽。之前那個擔橘子的，鞋子底下都是土和草屑，還壓實著幾根狗毛，可見這農人用扁擔挑著兩籮筐橘子，從山裡走到城裡，身邊還跟著一隻狗呢。第一個補鞋的大嬸是個廚娘，棉布鞋面上留下許多油漬，鞋底還有菜渣呢！她的鞋來來去去就那一小方天地，會不會也想去那熱鬧的石子大街上逛逛，或是到橘子園裡踩踩草地呢？

粗小皮把排隊的所有人的鞋子都補好了，接下來幾天的飯錢都掙到了，他趕緊收攤準備離開。突然一隻大腳重重的踩在他的工具上。那是隻用藺草編織的草鞋，編織技巧非常高明，粗小皮抬頭一看，這鞋這麼好看，穿它的人卻是一個面露凶光的壯漢。

「就算你是小和尚，也不能隨便在別人的地盤上補鞋。我在這裡補鞋已經十年了，你得問過我才能在這裡補鞋。」壯漢一邊說一邊用大拇指指著自己的臉。粗小皮看見那人的手，雖不是細皮嫩肉，但連刮痕厚繭都沒有，他肯定不是補鞋的。

「為什麼不能在這兒補鞋？」粗小皮不明白，旁邊的大嬸在那兒賣甜糕，也沒人叫她收攤離開呀！

「你沒有經過我的同意就在這裡補鞋，搶走我的生意，你得交出一半的收入給我。」

粗小皮意識到自己穿著僧服，現在是小和尚修正，而不是補鞋匠粗小皮。

「真是對不住了，我馬上離開。」粗小皮趕緊收拾東西。

雜糧鋪的伙計見有人正在找小和尚麻煩，從鋪裡衝出來，指著壯漢說：「你這人真是，連出家小師父的錢都想搶？」

那壯漢一把推開伙計，把他推得老遠並摔倒在地上：「滾遠點兒，不關你的事。」

那壯漢澈底把粗小皮給激怒了，粗小皮摸了兩下袖口，當壯漢伸出手朝他的臉揮去，粗小皮伸手擋了一下，那壯漢痛得立馬縮手，似乎被什麼東西刺了一下。他甩甩手，不信邪，對著粗小皮的臉頰再揮一次，又被刺了一下，這次更痛了！他看著自己的手掌上冒出兩個血點。

那壯漢氣死了，吹了一個又長又響的口哨，很快的，不知從哪裡冒出三個人，衝上去對著粗小皮就是一陣拳打腳踢。粗小皮巧妙地閃過這些人的拳腳，幾個眨眼的功夫，這四個人就被粗小皮用針線給縫成一團。他們一個個兩手交叉在胸前，自己的衣袖和別人的衣袖縫在一塊兒，四個人全都動彈不得，圓睜著驚恐的雙眼，想著這一切到底是怎麼發生的？

粗小皮趕緊收拾東西，背起背袋，向雜糧鋪的伙計鞠躬道謝後，趕忙離開市集。粗小皮一邊小跑步離開，一邊想著：自己是小和尚修正，剛剛那樣打鬥是否恰當呢？是否就交出一半收入，息事寧人就好？交出一半還是夠用的。但是，這樣會讓他們更加囂張的以爲可以欺負任何人吧？到底該怎麼做才符合小和尚的身分呢？這些地頭蛇專門欺負弱小，總要有人教訓他們一下吧！

走過幾條街，粗小皮見到一群人圍在一間鞋鋪前，熱烈的討論著什麼。有什麼有趣的鞋子嗎？粗小皮忍不住好奇的跑過去，擠進人群裡。

「這種獸皮鞋底穿一輩子都不會壞，牛頭村千里古道走千趟也磨不破。量身訂做，絕對合腳。」有個商人模樣的中年男子拿著一雙鞋介紹著：「材料非常珍貴，而且數量有限。」

「這鞋底加上牛皮，咱們可穿不起呀！」

補鞋

「牛皮可以改成棉布，就便宜多了。」

有個人脫下自己的鞋，試穿了一隻鞋，邊走邊評論著：「嗯，舒服，比木頭鞋底軟，比麻繩鞋底厚，比牛皮鞋堅固，是雙好鞋。」

「這獸皮跟牛皮一樣愈穿愈軟哪！」

「這不是我們買得起的。」

粗小皮擠到前頭，看清楚了大家議論著的鞋，是紫黑色的鞋底，那不是……他搶下商人手上的另一隻鞋，滿眼悲傷的摸著，這的確是紫嚕嚕獸身上的皮……牠被逮到了嗎？還是傷口惡化死在山裡了？怎麼市面上多了這麼多獸皮！

「小師父對新奇的鞋子也感興趣呀？」有人問。

「這獸皮從哪兒弄來的？」粗小皮問。

「這是生意人的門路，怎能告訴你？」商人說完，轉身繼續向圍觀的人推銷：「量腳訂做，絕對合腳。人哪，一輩子買一雙好鞋，勝過你穿破的那一百雙草鞋。」

有人從粗小皮手上拿走鞋子試穿，粗小皮被這群人擠到外圍去了。

粗小皮既傷心又憤怒的看著這群人。大多數人安安分分的在鞋鋪挑鞋，有人習慣穿草鞋，讓腳趾頭透氣；有人喜歡棉布鞋，舒適柔軟；有人喜歡牛皮鞋，看起來貴氣又耐穿；現在這商人拿出一雙珍稀的獸皮鞋誘惑他們……他們或許無意傷害一隻美麗的獸，但是此刻，他們動搖了，覺得試試新奇玩意兒也挺好的。

商人才是真正的凶手！

粗小皮遠遠的站著，等著。

天色漸漸暗了，鞋鋪前的人逐漸散去，那商人和鞋鋪掌櫃的在門口交談了一會兒，商人便背著背袋離開。

粗小皮保持一小段距離，一路跟在商人身後走著，那人走過幾條大馬路後，彎進一條巷子，在巷弄間穿行了一會兒，這才走進一處林木扶疏的大宅院，宅院後方是一片樹林。粗小皮將背袋藏進樹林裡，輕裝爬上距離宅院最近的一棵大樹上觀察著。

這商人做的是生意，紫嚕嚕獸不是他入山抓的，但是他收購獸皮，有錢賺的生意，就會有人冒著危險入山抓獸。粗小皮絕不允許紫嚕嚕獸的獸皮出現在市面上，如果這種商品造成搶購，那紫嚕嚕獸肯定會在森林中消失。

那商人從宅院大堂的門走出來，走到左邊的一間矮房，在裡頭待了很長時間。另一側的一棵樹忽然搖晃了幾下，有個蒙面黑衣人從一棵樹移到另一棵樹時，看見了粗小皮。他愣了一下，打量著粗小皮，粗小皮穿著丈青色僧服，躲藏在樹葉繁茂的樹上，還是很輕易就被發現了。粗小皮決定先撤退，明日做好準備再來。粗小皮輕巧的在樹幹間跳躍移動，躍下樹之前，他朝黑衣人的位置看了一眼，黑衣人也不見了蹤影。那黑衣人是偷東西的賊嗎？

回客棧的路上，夜已經深了，粗小皮抬頭看，天上掛著半邊兒的月亮，雖然只有半邊兒，還是能把路照得透亮。所有的雲全都聚集在月亮身邊，月亮周邊還圈著一圈彩色的美麗的光暈。這夜裡的寧靜景色讓他想起牛頭村的日子，每日打烊前、開店後，夜裡的月光溫暖的陪伴。

粗小皮回到客棧，來到房間門口，見修執師父的房門虛掩著，透著微弱的燭光，他問了一句：「師父，你還沒睡嗎？」

「進來吧！」房裡傳出修執師父低沉的聲音。

粗小皮推開門，修執師父半躺在床上，翹著腿，手上拿著一本書讀著。

「修執師父，我回來晚了。」

修執放下手上的書，面無表情的看著粗小皮，等著他說話。

「我今天在市集，教訓了一群無賴。」

修執只是聽著，沒有說話。

「我出手教訓了他們，我還是修正嗎？」粗小皮不確定自己還算不算是小和尚。

「你覺得出家人就是那種當有人要打你，你就得傻傻的被打的人嗎？」

「你是修執師父，你可以告訴我……」

「你自己決定。」修執拿起方才擱下的書讀了起來。

我自己決定？你不是修執師父嗎？

「還有事嗎？」修執沒有抬頭。

粗小皮遲疑了一下，決定暫時不說紫嚕嚕獸獸皮鞋的事。

「沒有了。」粗小皮說完，起身，走出修執師父房間。

粗小皮進入自己的房間，他決定了，明天晚上再潛入那商人的宅院，把所有的獸皮全偷出來，埋進土裡。

這件事不要讓修執師父知道比較好。

隱瞞，也是一種說謊的行爲嗎？

粗小皮帶著微微的不安，入睡了。

第七章 葫蘆裡賣什麼藥？

粗小皮走出客棧，今天他打算花幾天時間走過每一條街，拜訪每一間藥材鋪。走在城裡的街道上，粗小皮感到焦慮，本以爲六、七天就可以完成所有的事，然後就回牛頭村。沒想到，自己竟然因爲昏迷而白白耽擱了五天，東大城又大到他無法想像，老大夫的訊息實在太少，他姓什麼？住在哪一條街？房子外觀有什麼特徵？他的家人又長什麼樣子？是否繼承了藥材鋪？這些種種，他一無所知。他決定以客棧爲中心，昨天往左走，今天就往右走，後天往前走，大後天就往後走。

粗小皮決定往右邊那條街走去。

和客棧相隔兩棟房子的路口，轉角是一間製作和販售摺扇的店鋪，掌櫃的是一名年紀頗大的老爺爺，他坐在店鋪前的藤椅上，穿著一雙暖烘烘的羊毛靴子。天冷，他也張開一把扇子朝著臉搧著，粗小皮覺得那掌櫃的是個有意思的人。東大城這麼大，有意思的人肯定很多。這麼冷還搧著冷風，腦袋肯定能保持清醒。

大街的兩旁都是商店，很快的粗小皮就看見第一間藥材鋪，店鋪前面停了輛馬車，剛剛卸下貨品，馬伕隨即駕著馬車離開。藥材鋪左右兩邊的門柱上各掛了兩個葫蘆，藥鋪大門上方的匾額寫著「懸壺濟世」四個字。

牛頭村老粗師傅的房裡就掛了兩個葫蘆，裡頭放了藥丸，如果粗小皮肚子痛，老粗師傅就會從其中一個葫蘆裡倒出兩顆黑色藥丸讓他服用，很快肚子就不疼了。不明白對方意圖的時候，大家都喜歡說：那人胡蘆裡都賣什麼藥？懸壺濟世那個「壺」字，爲何不是葫蘆的「葫」呢？是因爲煎藥都得用「壺」嗎？（注）

粗小皮遠遠的看著藥鋪裡那一家三口，一邊說笑一邊整理藥材，又一邊招呼客人。那忙碌又歡樂的樣子，看起來不像近期失去家人的模樣。

一個上午，粗小皮看過三間藥材鋪，都認爲不是他要找的，那幾間店鋪的老大夫都還在櫃臺前抓藥呢。

經過一間雜貨鋪時，粗小皮走進去買了一些棉花、布料和一小塊牛皮。

已經接近中午了，粗小皮走進一間飯館打算用餐。這實在太巧了，他竟然看見任八方又在飯館裡說書，還座無虛席，城裡的人都喜歡吃飯配故事呢！好心的伙計帶著粗小皮找到一個座位，和三個漢子併桌。四個人相互點了點頭，算是招呼了。這張桌子隔著另一張桌子就是任八方說書的地方，這個位子把任八方看得可清楚了，相信任八方也能

注：據《後漢書》記載，說市場上有個賣藥老翁，白天在街頭懸掛一壺，做為標幟，晚上收攤便跳入壺中。後代便以「懸壺濟世」指稱行醫救人。

清楚的看見他。任八方的臉看起來有點怪，鼻梁好像歪掉了，右臉頰還有一塊淡淡的瘀青，八成挨了誰一頓揍。

店家給粗小皮端來了一碗齋飯，他才扒兩口飯，就驚訝的抬頭看著任八方，這傢伙講的竟然是牛頭村千里古道的故事。

「你可別眞的以爲那條千里古道有千里那麼長啊！不過，就算沒有千里長，你想從雷爾鎭走到塔伊鎭，還是得走上兩天。千里古道的中心位置，有一個小村莊叫牛頭村，村子的形狀就是顆牛頭，兩個牛角尖指向二十一尖山的第十三座尖山……」

聽著別人說著自己再熟悉不過的家鄉的故事，這感覺眞的好奇妙，就像他鄉遇故知那樣的親切。

任八方的目光掃向所有用餐的食客，當他看見粗小皮時，驚訝的張著大嘴，忘了說話了！所有的食客循著他的目光也落在粗小皮的身上。他們不明白，一個小和尚爲何讓說書人如此吃驚？

粗小皮若無其事的繼續吃著飯，看著任八方等著他說故事。

任八方沒想到會再度遇見粗小皮，說起故事竟然結巴起來。

「嗯，那個小師父看起來好像我認識的一個朋友。嗯嗯，好，各位慢用，我繼續講故事。講到哪裡啦？噢，想起來了，講到千里古道……這千里古道不是故事，是眞有這個地方，距離東大城大約兩、三天的腳程。這條古道，嗯，非常的美，尤其是這個季節，楓葉在綠樹群中就像姑娘絲綢衣裳上綴滿的小紅花……但是，就沒人……見到這姑娘和小紅花，來往的行人都匆忙……趕路……」

看來任八方還真的走過千里古道。

「我想，我一定是肚子餓了，今天就不說故事了。小哥，給我來碗麵吧！」任八方一屁股坐下，推開桌上的書，空出位置，等著伙計上菜。

「我是為了聽你說故事才來這飯館的，你就這樣結束了？」有個食客不高興了。其他食客也跟著不高興了：「我才覺得這個千里古道有意思，你就不說了？」

「你們想知道更多千里古道的故事，這裡有十本書，買一本回去讀吧！十本賣完就沒有了。」

「你之前肯定也這麼幹過，不把故事說完，被揍了，你想再被揍是吧？」有個人站起來，惡狠狠的指著任八方罵著。

伙計趕緊過來安撫：「任先生是被人莫名其妙揍了一頓，傷還沒好，客官別和一個弱書生計較。」

兩個男人站起來走過去買走兩本。粗小皮也走過去，喜孜孜的買走一本：「還好，搶到一本，慢了就沒有了。」粗小皮這句話讓其他人紛紛起身，買走剩下的書，還有人沒買到在那兒哀怨的叫著：「把人家聽故事的癮勾起來，卻沒解藥了，真是。」

剛剛罵人的那男子，看著一本書也不剩，氣呼呼的麵也不吃就走了，走之前還撂下狠話：「下次再見你，就眞揍你。」

「你幫我付飯錢，換我給你說書。」有人買到書，開起別人玩笑來了。

和粗小皮同桌吃飯的三個男人陸續離開後，任八方端著他的麵碗在粗小皮身旁的位子坐下。

「米糠，你怎麼就出家啦？被誰逼的？」任八方劈頭就問。

「你什麼時候寫了千里古道的故事？」

「你還沒回答我的問題？那個救你的姑娘是誰？」

「什麼姑娘？我從頭到尾沒見過一個姑娘。」粗小皮用嚴肅目光看著任八方：「你先回答我一個問題。那天，是你在我的酒裡下藥，是嗎？」

任八方拍了一下桌子，一副受不了的模樣，他叫著：「我幹嘛給你下藥？我們喝的是同一壺酒，你昏倒了，我還能醒著嗎？你倒在地上，昏死過去，你沒看見我爲了把你救走還挨了幾個拳頭，差一點就死了！」

粗小皮看著任八方臉上的傷，似乎是信了：「那天到底發生了什麼事？」

「米糠，你看起來與世無爭，眞的，但是你並不是。和你走在一起當眞非常非常危險，你不知道得罪了誰，還是惹了什麼麻煩，居然有那麼多人想把你帶走。」任八方說得口沫橫飛，粗小皮只好把面前的飯碗往自己的身體拉近一點，免得等會兒變成口水泡飯了。

「那天，你倒下來後，其中一個我們在碼頭見過的假捕快，走過來把你拉起來，好像你是一袋麵粉那樣扛上肩就想帶走，我站起來衝過去攔住他：『你不能帶他走，你是他的誰……』我話還沒說完，一個結實的拳頭就朝我的臉打過來。哇！痛死我了！要不是你買了我一本書，我還眞不會理你。」任八方摸了幾下鼻子後繼續說：「我不知發什麼神經，居然就抱住那個人的大腿，要他把你放下來，然後我被狠狠的踢了幾腳。就在他們走到門口的時候，一個蒙面的姑娘進來了，三個人和這姑娘打了起來。客棧的伙計過來把我和你拉到一旁，免得被他們踩死。」

任八方說著停下來，稀里呼嚕的吃了兩口麵。

「然後呢？」

「然後，那姑娘就把這三個假捕快給打趴在地上，然後，她就把你帶走了。我想，你讓姑娘帶走好過落在這幾個流氓手上。我當時只剩一口氣了，米糠兄弟，對不住了，沒把喝醉的你照顧好。我在客棧裡躺了五天才能下床哪！」

「原來是這樣啊！沒人給我下藥，我怎麼就昏睡了五天才醒？」

「我猜，沒人給你下藥，是你不能喝酒，一喝就醉。」任八方說。

粗小皮恍然大悟，是啊，自己不能喝酒的！粗小皮忽然想起什麼，問道：「另外兩個捕快呢？他們是不是一夥的？」

「那兩個是眞的捕快，打輸人家，被脅持，趁亂溜出去討救兵了。」

任八方這麼說，粗小皮全信了。

「你還沒跟我說，那姑娘是誰？」

「我都說了，我從頭到尾沒見到什麼姑娘。我醒來的時候，見到的是渡河時船上的那位方丈，是他救了我。」

「在客棧，我從頭到尾就沒見到什麼方丈。」任八方激動的說。

這時，一對老夫妻相互攙扶著緩緩走進飯館，叫了兩碗熱湯。伙計端湯過去時，他們向伙計打聽一個人。

「杏樹巷巷底那家藥鋪怎麼了？怎麼好像都沒人住了？大門都壞了。荀大夫一家人搬走了是嗎？」老太太問。

伙計臉色沉了下來，彎下腰小聲的對他們說：「荀大夫過世一段時間了！他過世後，他的夫人、閨女還有小荀大夫全都不知去向。」

「唉呀，荀大夫怎麼死了呢？」老先生一臉哀傷：「他是個醫術高明的好大夫啊！」

「你們大概很久沒來了。」伙計說。

粗小皮豎直了耳朵，一邊看著任八方嘴巴快速張合，不知說著什麼，一邊聽著老夫妻和伙計的對話。粗小皮發現自己的聽力再好，也不能同時聽進兩個人說的話。當他選擇聽老夫妻的話，任八方說的話就完全被擋在耳朵外頭。

這個荀大夫聽起來很像他要找的人。

粗小皮快速的將剩下的飯吃完。

「任先生，你慢用，我得走了。有緣路上再相見。」粗小皮付了飯錢，沒等任八方回話就匆匆走出飯館，他聽見任八方在他身後問著：「《一箭之遙》你到底讀了沒有？」

急步行走中的粗小皮忽然頓了一下腳步，這個任八方爲何這麼關心他究竟讀了《一箭之遙》沒有？

第八章　踏破鐵鞋無覓處

粗小皮在飯館附近的巷弄裡找了好一會兒，終於找到杏樹巷。這條巷子很短，只有三戶住家，巷子底種著一棵杏樹，在腰部岔出兩根樹枝，優美的往天空伸展。入冬了，樹葉都掉光了，就連枯枝也這麼迷人。杏樹旁的這戶人家，庭園寬敞，種了一排胸部等高的木槿當圍籬，圈住一棟樸實的木造房子，庭院散落著隨風翻捲滾動的落葉，說明很久沒有人打理了。

房子的大門歪倒在地上，窗子也破了，椅子、桌子被扔出庭院。粗小皮安靜的看著木屋，這是多麼尋常的一戶住家，屋梁下還掛著幾串乾燥的玉米、辣椒和豆子，還有兩個葫蘆。他們到底遭遇了什麼？這些是苗天準幹的嗎？就爲了自己身上這「貫通散」？粗小皮從胸口湧上一股揪心的痛與羞愧感。

粗小皮朝房子走去。

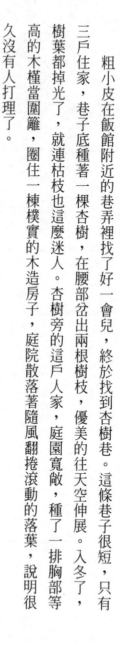

「我在這裡等了三天，終於還是等到你了，小粗師傅。」

粗小皮聽到背後有人說話，轉頭看去，是一個陌生的年輕男子，穿著一襲深藍色的短衫和束褲，背上背著一把劍，牛皮製成的刀鞘很漂亮。一頭亂如雜草的捲髮，他將亂髮攏起綁在頭頂，放任幾絡不安分的捲髮垂在臉上。

「施主，你認錯人了。」粗小皮雙手合十，微微的行禮。

那人走到房子前四處看了一下，再轉身回到粗小皮面前。

「我在牛頭村見過你，就算你穿著僧衣，我還是認得你，小粗師傅。」

「你怎麼知道我會來這裡？」粗小皮這下好奇了，立刻從小和尚修正變回粗小皮。

「好事壞事都可以傳千里，但是怪事或壞事像風，傳得快，好事像扇子，得有人搧，所以傳得慢。」那男子說：「小粗師傅在牛頭村衙門廣場上爲了一頭獸將一群人踢飛的事，在你還沒走出千里古道，就已經先傳到東大城了。」

「你，等了我三天，你爲什麼認爲我會來這裡？」

「我是這麼想的，你離開牛頭村，會去哪裡呢？首先你可能會去拜訪苗天準家。苗天準在千里古道遇襲受重傷，他腿上的傷你幫他縫合了，所以，他送你貫通散作爲答謝，也許他知道自己就要死了，還請你傳話給他的家人。」

苗天準腿上的傷口被縫上，這事並沒有太多人知道，牛頭村只有新任的大捕頭武傑懷疑是他做的，這個人又是怎麼知道的？

「北城門苗家比較遠，我還是決定在荀大夫家等等看。你身體裡有荀大夫研製的東西，你想親自登門致意。這樣分析是對的，果然你就來了。」

「閣下找我，圖什麼呢？要錢沒有，要貫通散也沒有。」粗小皮看了一眼那人的鞋子，說：「不會要我補鞋吧！鞋子看起來挺好的。」

「在下莫子離，想找小粗師傅練一下身手。在牛頭村的時候苦無機會，只好守在這裡等你。」

「你應該去武館，而不是找我。」粗小皮說：「我不想陪你練身手，我有事要辦。」

粗小皮希望這人趕快走。

兩人安靜的站在杏樹下，看著木屋，看著風吹過來將散落在庭院的樹葉吹捲到右側的圍籬旁。一隻貓不知從何處跳上屋脊，從屋頂這頭走到那頭，在那頭坐下，瞇眼，似乎等著即將在庭院展開的一場大戲。

「你想知道荀大夫遺下的這一家老小去了哪裡嗎？」

「去了哪裡？」粗小皮很想知道。

「打贏我，我就告訴你。」

「我怎麼可能打贏你呢？你在衙門廣場上看見的和現在站在你面前的，並不是同一個人。我那時候心急，才有那爆發力，我現在沒有，你用一根手指頭都可以殺死我。」

粗小皮雖然也很關心荀大夫一家人的下落，也許因爲沒有急迫的危險，他的身體抗拒和任何人較勁，他不想再踏入江湖。

「不然，不贏也沒關係，只要戰一場。不論輸贏，我都告訴你。」

粗小皮想著，打一場沒關係吧？挨幾個拳頭換來荀大夫一家的去向，好像滿划算的。但是，這人使劍的，刀劍無眼啊，萬一一劍就被刺死……還是可以冒險一試……

「你得要眞知道他們的下落，如果你騙我，我會教訓你。」

「我莫子離，童叟無欺。」

粗小皮忿忿的想著，我已經十四歲了，你還當我小童是嗎？

莫子離解下背上的劍，抽出劍，將牛皮刀鞘扔在地上。粗小皮看著莫子離手上的劍，乍看還眞不曉得那是什麼武器，細看之後才忽然明白，那不僅僅是一把劍，劍身上還鑿出兩排刨刀的小孔洞，牛頭村家裡也有一把剷子，他和老粗師傅都用它將蘿蔔和土豆剷成絲狀。一劍三用的武器啊！眞有趣，這莫子離大概是個廚師吧，這把劍能切菜，能刨絲，還能比試。

「每個見到我拿出這把劍的人，都會對我說：『快把你那可笑的東西收起來。』你的臉上，剛剛也閃過那句話。」

「我沒那意思，我只是猜想你可能是個廚師，才會攜帶可以切菜、刨絲，又可以用來防身的一劍三用的武器。」

「小時候，我們家開了一間麵館，我娘都拿這東西把蘿蔔刨成絲，慢慢長大，我娘就把刨絲的工作交給我。我討厭這工作，蘿蔔變小塊的時候，我就會切到手，有一次連指甲都切掉了。我討厭這東西又愛這東西。有一次，來了幾個土匪，沿街要錢，不給錢就踢翻你的攤子。來到我們麵館時，我娘隨手抓起這東西，就朝某個土匪的頭刷過去，嘖嘖嘖，那匪躺在地上哀嚎啊！後來我們的攤子還是被毀了，我爹娘和我妹妹都被打得很慘。這東西我自己打的，我娘給我的靈感，我們總得做點什麼保護自己。我給它取了個名字，叫『劊子劍』。」

粗小皮看著莫子離，覺得這人很有意思，單純只想試試身手，並不是個壞人。

「亮出你的武器吧！小粗師傅。別讓人以爲我在欺負一個小孩。」

粗小皮放下背袋，走到圍籬邊，折下兩根木槿樹枝，然後走回到莫子離面前。他把一根插在背後，另一根握在手上。他想起在苗家爲兔子姑娘挺身而出的秀才，他使劍的招式，扭身、甩劍、轉身換位，粗小皮看得夠仔細，來練習一下，也許行得通。

「小粗師傅，你還眞看得起我。」莫子離苦笑著說，說完便拉出可以伸縮的握把，握把一變長，劍看起來也變長了。他立即朝著粗小皮手上的樹枝揮劍，企圖很明顯，他想先砍斷粗小皮手上的樹枝。才對戰一會兒，粗小皮因爲慌張而顯得手忙腳亂，一下擋、一下閃、一下蹲、一下跳，完全抓不到節奏，手上的樹枝被砍成了三節。粗小皮抽出插在背後備用的樹枝，試著冷靜下來，想著秀才的招式。

方才對招的時候，粗小皮一直聽到「咻咻」聲，他不知道那是什麼聲音。就在莫子離再一次揮劍過來時，他才知道那聲音來自莫子離劍上的孔洞，聲音比劍走快一步。粗小皮身體微微一閃，順勢將樹枝擦向劍上那些凸起的小刨孔，幾個來回後，粗小皮手上樹枝的樹皮已經被刨掉了。

還眞有用哪！秀才師父，我剛剛拜你爲師了。粗小皮的自信像地底的湧泉一下子灌滿了全身，在牛頭村武勁大賽對戰的記憶全回來了。他只要專注在當下，就可以聽見莫子離的劊子劍穿過空氣時發出的「咻咻咻」的聲音，那是氣流穿過劍身上的刨孔的聲音。粗小皮不需要用眼睛看，便能輕易的用樹枝彈開那把劍。他想起渡河的時候，船上那個用刀削尖樹枝的怪人，粗小皮覺得自己也可以試著這麼做。

莫子離繼續積極的進攻，出手愈來愈快，也愈來愈狠，粗小皮也一次次在驚險中躲過，他手上的樹枝被莫子離砍去了三分之一。最後粗小皮找到機會，便將手中的樹枝刺向莫子離右側腰部的位置，樹枝刺穿了他的衣服，並且掛在那兒。莫子離垂下雙手，收起他的劍，拔出腰間的樹枝，那根樹枝已經在對招的過程中被自己的劍削成足以讓對手致命的尖刺，自己卻完全沒有察覺。

莫子離滿臉挫敗的說：「謝謝小粗師傅手下留情。」

粗小皮沒有說話，心裡很是得意，他不需要「氣」，也能打敗莫子離。他看著莫子離，等著他說出荀大夫一家人到底去了哪裡？門都壞了，看起來可不像離家暫時到親戚家住住。

莫子離撿起地上的刀鞘，把劍插回刀鞘裡。

「幾個月前，江湖傳說，荀大夫的夫人、兒子和閨女被擄走了。有人逼著他們調配『貫通散』，直到調配成功，才會放他們回家。」莫子離說：「聽說，荀大夫當時調配了五份，苗天準搶走了兩份，另一份被天井山的人搶走，另兩份下落不明。看來，這房子被搜了個遍了。」

「荀大夫家人是被天井山的人擄走的，是嗎？」粗小皮問：「天井山怎麼去？」

「遠著哪！」莫子離說：「往大京城的方向走，不進大京城，往山的方向走，快馬三天，用走的，走個十天吧！我想。」

這麼遠啊！粗小皮想著，短期內是無法回牛頭村了，也許學習騎馬也行。

屋頂上的貓打了一個大呵欠，武打戲散場了，牠懶洋洋起身，拱起屁股伸了一個懶腰後，緩慢卻優雅的走過屋頂。

「那貓，是他們家養的嗎？」粗小皮問。

莫子離一臉驚訝的看著粗小皮：「比起那貓，荀大夫家人被擄走才是大事吧！」他停頓一下，又看看貓：「我怎麼會曉得那貓是不是他們養的？我又不住在這裡。」

貓跳下屋頂，牠的腳步輕盈，走路悄無聲息。飛躍，降落，是真高手呢！

粗小皮背起背袋，離開荀家。

「小粗師傅，你覺得，我的『劏子劍』哪裡還需要改進？」莫子離對著粗小皮的背影喊著。

「我不是刀劍專家，沒啥建議給你，只能說，你的劍，聲音太響了。」粗小皮頭也不回的邊走邊說。

「那是什麼意思？」莫子離拿著用自己的劍削尖的樹枝想著。

粗小皮走了很遠的路，才回到客棧。他來到修執師父房門口，門依然虛掩著。

「修執師父，我回來了。」粗小皮小聲的問著：「我可以進來嗎？」

「進來吧！」

修執師父跟昨天晚上一模一樣的姿勢躺在床上，讀著同一本書。

「怎麼樣？決定好了要當小和尚修正，還是做回補鞋的小粗師傅？」修執看著手上的書問著。

「師父，我有一部分是粗小皮，另一部分可以是修正，他們同時存在並且處得很好，我希望我永遠可以保留這兩個身分……」

「你是小和尚修正，就不會是補鞋匠粗小皮。」

「我是小和尚修正，遇見有人鞋子破了，我還是可以用粗小皮的補鞋技術幫他把破鞋補好，這不衝突。」

「嗯。」修執的雙眼依然沒離開書本：「那好，去休息吧！」

「師父，我明天要出遠門，路途遙遠，可能無法每天回來見你一回……」粗小皮小心翼翼的說。

修執終於將書闔上，坐起身。

「你是小和尚修正，現在你卻打算告訴我，你想去天井山，插手管起江湖閒事？」

粗小皮很是驚訝，他去杏樹巷荀大夫家不過是幾個時辰之前的事，修執師父是怎麼知道的？難道他一路跟在後頭？

「那不是閒事。雖然看起來和我無關，但是其實又有很大關係。我身上這東西……」

粗小皮不知道該怎麼形容自己得到的這能力，莫子離可以給他的武器取名「劊子劍」，但是他卻不知道怎麼給這東西取名字。「荀大夫的夫人、兒子和閨女被擄走了，我想把他們救回來。」

「你把他們救回來，然後呢？換另一個人把他們擄走？這江湖沒完沒了。」

「那我該怎麼做？」

「你自己決定。」修執師父躺回床上，拿起擱下的書讀了起來。

又是我自己決定，那麼剛剛這番談話又有什麼意義？

粗小皮進房後，趕緊換上黑色衣服，將一把短刀牢牢的綁在腳踝上方，再檢查手腕上用牛皮縫製的一個小針盒。自從上次在市集的雜糧鋪前設攤補鞋，被地痞流氓打劫，他利用手上的一根針將那四個人縫成一團後，就覺得自己的確需要一個隨時可以收放取用的針盒。針盒裡的針比一般的針還粗一些，每一根針都穿妥了堅韌且不易斷裂的麻線，誰再找他麻煩，就讓他們吃吃苦頭。

粗小皮悄悄的走出房門，他有一件重要的事要辦。

粗小皮來到那座大宅院附近，他綁上黑色頭巾，又用黑色布巾把臉給蒙起來，像貓一樣輕巧的跳上圍牆，再一個蹬腳，飛躍到大樹上，隱身在枝葉茂密的樹叢裡。

夜已經深了，大宅院周遭一片漆黑，粗小皮安靜的待在樹上，直到大廳裡那盞微弱的油燈熄滅。

月光灑落在森林以及大宅院。

有棵樹的樹梢搖晃了起來，一個黑衣人從樹上一躍而下，輕巧的降落在矮房的屋頂上，接著跳到庭院，踮著腳尖走向矮房門口。那人從腰間取出小刀撬開了鎖，輕輕的將門推開一道門縫後，閃身進入。

粗小皮也跳下庭院，他絕不允許任何人把紫嚕嚕獸的獸皮拿去做鞋。粗小皮閃身進入矮房，還沒看見屋裡那人，就先感應到一小陣風湧向他的耳朵，他閃掉一個拳頭，另一個拳頭立即跟上。粗小皮左閃、右閃、後仰、前傾，兩個拳頭結結實實的擊中了自己的下巴，這人出拳極快，是個高手，這麼好的功夫卻用來當賊，實在可惜！兩人漸漸適應小屋裡的黑暗，粗小皮轉守爲攻，從袖口抽出針線，卻怎麼也無法靠近那人的衣袖。微弱的月光從一道細長的窗照進來，兩人都蒙著臉，誰也看不清楚誰。

那人抓起擱在地上的布袋打算鑽出門縫，粗小皮擋在門口，將聲音壓小壓扁後，從齒縫裡擠出話來：「你這可惡的賊，休想帶走獸皮！」

「你才是可惡的賊！」那人也將聲音壓得扁扁的從齒縫間擠出來。他們不想吵醒任何人。

兩人在門口又是一番推擠，那人突然抬腳踢了那半開的門，門往牆上撞去發出巨響，這下眞的有人要醒來了。粗小皮不得不讓出路來，那人出去後，一個彈跳，躍上圍牆，粗小皮緊跟在後也躍上圍牆，離開了大宅院。

兩人在林子裡追逐了一會兒，那黑衣人來到一塊較平坦的草地停了下來，站著等粗小皮。粗小皮急著往前，卻一個不留神摔進一個坑洞。粗小皮回過神來，站起身，發現這是一個深度和他身高等高、寬度剛好站兩個人的坑洞。坑洞旁堆著土，是早早就挖好的一個坑。

「這個坑洞是爲我挖的嗎？」粗小皮拉下臉上的面罩，仰著頭問。難不成昨日見到他，就猜想他今夜還會來？

天上的一片雲移開了，月亮的光灑下來，粗小皮看清楚那人露出來的雙眼，目光雖然銳利，但藏不住那秀氣，那是一雙姑娘的眼睛，而且是一雙美麗的眼睛。

粗小皮拉下面罩，露出臉來的剎那，那姑娘雙眼閃過一絲的驚訝！

那姑娘安靜的蹲下身打開布袋袋口，將袋子裡的一堆獸皮全倒進坑裡，獸皮從粗小皮的肩膀、胸口掉進洞裡。那姑娘雙眼緊盯著粗小皮，腳也沒閒著，她用腳將土給推進坑裡，泥土噴得粗小皮滿身都是。

「你這麼喜歡這獸皮，就和它一起埋葬。」

粗小皮抓住一塊獸皮，高高舉起並趕忙說著：「姑娘，我想你誤會了。我的確是爲了這些獸皮來的，但是不是你想的那樣。我親眼見過紫嚕嚕獸……」一些土掉進了粗小皮的嘴裡，他趕忙的吐出那些土。

「你想把我活埋了，好歹也聽一下我的說法吧？」

那姑娘終於停止撥土。

「我在市集見到這商人在推銷獸皮鞋，一路跟著他來，我打算偷走這些獸皮銷毀，我不允許任何人穿著這種獸皮做成的鞋子在大街上走來走去……呸呸呸……」粗小皮又吐了幾口口水，想把塞在牙縫裡的土給清出來。

「你怎麼證實你說的是眞話？」那姑娘說。

粗小皮抬起腳，取出綁在腳踝處的短刀：「我們的目的是相同的，不想這些獸皮出現在市面上。獸皮雖然經過風乾處理，還是有味道，會被其他的動物挖出來，也有可能會被其他人挖出來，所以，你得這麼做……」粗小皮用短刀將獸皮一小片一小片割下來，再用手指捏碎混在泥土裡。「這樣，誰也無法將獸皮屑從泥土裡挑撿出來。」

「本來我以爲你是賊，偷那獸皮要拿去賣給做鞋子的人。」粗小皮將獸皮全拿出來，接著雙手撐著地面，一使力便躍出坑洞。他坐在坑洞邊，開始削獸皮，每削完一塊，就推些土下去。

那姑娘也坐了下來，拿出一把手臂般長的刀，開始學著粗小皮削獸皮。

粗小皮聞到一股熟悉的藥草的香味，他驚訝的轉頭看著身旁的姑娘：「那天在『隨便住住』客棧，是你救了我？」

「只是路過，見到，沒什麼。」那姑娘說。

「謝了。」粗小皮還想說些大恩來日再報的話，見那姑娘低垂著眼眉一副不願交談的模樣，他也不再說話了。

兩人安靜的做著重複的動作，粗小皮甚至都忘了問她，為何如此執意的要銷毀紫嚕嚕獸的獸皮？粗小皮心裡覺得悲傷，他想起在十三尖山和紫嚕嚕獸的相處，那是多麼珍貴的回憶！手上的獸皮來自哪一隻獸呢？那隻離開衙門廣場回到森林的獸還好嗎？牠的傷是否完全康復了？每削下一片獸皮，他的心就隱隱作痛。

兩人合力，很快的便將所有的獸皮削成薄片、揉成碎屑混進泥土裡，這也算是讓紫嚕嚕獸入土為安了。兩人終於把坑洞填滿，粗小皮用力的把土踩實，然後取來一些樹枝枯葉蓋在上頭。粗小皮蹲下身去，摸著地上的土，輕聲說著：「安息吧！朋友。」粗小皮起身拍了拍手，一抬頭，那姑娘已經悶不吭聲的轉身朝森林裡走去。

這樣也好，他就留下來，再陪紫嚕嚕獸一會兒吧！

第九章　有人在家鄉等我

粗小皮睡到中午才醒來，昨晚他眞的累了。

收起了僧侶服，粗小皮換上自己的衣服，穿上麥甜編織的大草鞋，今天他想做回粗小皮。

他站在修執師父房門口，在心裡對著房裡的修執師父說著：「雖然目前暫時身在江湖，卻時時提醒自己保持修行人的善念，這樣可以嗎？修執師父。」然後粗小皮笑了起來，自己在心裡回答了：我自己決定，是吧！我就這麼決定了。

粗小皮來到一個熱鬧的街區，有一個圓形的廣場，廣場邊都是些攤販，賣著涼粉、豆腐腦、饅頭、茶葉……廣場中央種了棵大樹，人和馬車就繞著大樹走動。粗小皮在附近走了一圈，沒看見有賣鞋或修鞋的鋪子，這才選定一個角落坐下，他可不想因爲搶了誰的生意，又招來麻煩。他拿出補鞋工具，將寫著「補鞋」的木板拿出來，倚著背袋立著。這趟天井山之行，來回也要十天半個月，他得先爲自己籌些旅費。

他安靜的坐在地上看著馬車經過，車輪滾過石子路的聲音眞好聽。驢子駝著兩籮筐沉重的橘子，經過粗小皮時還用大大的驢眼睛看了他一眼。粗小皮看看驢子的蹄子，小聲的對著驢屁股說：「如果你需要，我可以免費幫你做四隻鞋子。」

一共走過五匹馬、七匹毛驢、兩隻狗，還有兩名官兵後，終於來了一個顧客，他的右腳鞋底磨穿了，側邊的縫線也爆開了。因爲沒有準備客人等候時坐的椅子，只好請客人站著等，或者到樹下的石凳上坐著等。客人不願意離開自己的鞋子太遠，便蹲下身看著粗小皮補鞋。

「很快的，很快就補好。」粗小皮拿出兩小塊牛皮碎片補了破洞，再把側邊破洞來回縫了兩遍，這樣就不容易再爆開了。粗小皮心裡有點兒得意，他想起老粗師傅得意時常說的話：「客人放一個臭屁，臭味還沒散去，鞋就補好了。」這雙鞋就是這麼快就補好了。

送走了第一個客人後，沒多久來了一個跛著腳的中年男人，看到粗小皮的補鞋攤就像看到救星一般，立馬脫下鞋子：「小師傅拜託你了，幫我看看，這鞋扎腳，我找了半天都找不到啥東西扎我的腳。」

粗小皮接過鞋子，用手指帶著輕微的壓力壓著內層鞋底，在兩處地方找到兩個尖刺點。他拿出一塊牛皮碎片，將刺往下推，再從鞋底將刺拔出來。

粗小皮將拔出來的小刺遞給那男人：「去了樹林是吧！這是某種樹的刺。」

「唉呀，眞把我折磨死了，謝謝小師傅。」那人把鞋穿上，輕輕的試踩了幾下，滿意的從褲頭掏錢。

「沒用到針線，不用錢。」粗小皮笑著揮揮手。

「那麼，」那人從背袋裡拿出兩顆橘子：「小師傅請收下，我自己種的。」

粗小皮心裡暖暖的，收下橘子。

一陣冷風吹過來，樹上的枯葉從樹枝上飄落，在地上滾了好幾圈，有幾片葉子滾到了粗小皮腳邊。粗小皮從背袋裡拿出毛帽戴上，雖然頭髮已經長長，但冷風吹來還是凍得頭皮發麻呢！有個男人走過來，伸出他的左腳，鞋子大腳趾前的位置破了，大拇趾露出半顆頭，這麼冷的天，這人連一雙便宜的布襪都沒穿。他動了動從鞋裡露出來的腳趾頭問：「可以補嗎？」

「可以。」粗小皮脫下他的鞋，檢查一番，鞋底的粗麻繩也磨得幾乎要散開了。這是一雙扔掉比較好的鞋，買雙便宜的草鞋都比補鞋好。但是粗小皮沒有多問，把鞋子的破洞補起來。

「補好了。」粗小皮仰起頭將鞋遞上。

「我膝蓋疼，小師傅既然坐著，就麻煩你幫我穿上吧！」那人說。

粗小皮愣了一下，這時候自己是粗小皮還是小和尚修正？粗小皮補好了鞋，就讓小和尚修正幫這人把鞋穿上吧！

粗小皮臉上依然帶著微笑，替那人把鞋穿上了。

那人穿著鞋在地上跺了兩下後，突然拔腿就跑，跑得飛快。

粗小皮心裡想著，不是膝蓋疼嗎？跑得還真快。粗小皮坐著看著那人奔跑的背影，不追了，由他吧！他想起第一次和康亮到雷爾鎮，被騙子騙到死巷，搶走了身上的背袋，還扒光了他們的衣服。比起那個可惡的傢伙，這個不算什麼。

有個聲音從他背後響起：「你不能慣壞作惡的人。」

不用回頭看，聽聲音就知道這人是任八方。

「你怎麼知道他是故意作惡，還是真的付不出錢來？」粗小皮說。

「明知自己沒錢，卻還讓人修鞋，修了鞋一聲不吭就跑了。這就是惡意。」任八方忿忿的說。

「任先生，咱們是真有緣呢，還是你一直在跟蹤我？」

「我跟蹤一個小鞋匠做什麼？」任八方說：「我要去的地方，一定要經過這裡。」

一輛馬車經過，打斷了兩人說話。一個丫鬟從馬車窗子探出頭來，喝令馬伕停車。馬車停在樹下。丫鬟攙扶著一個年輕的姑娘走下馬車，那姑娘長得清秀可人，可惜她的腳似乎有些毛病，輕微跛行，右腳比左腳長了些。她的鞋是絲綢的，還繡著小紅花，這雙鞋是粗小皮見過的所有的鞋中最漂亮的。丫鬟和姑娘經過粗小皮，走進粗小皮身後的那間布行。

「別這樣盯著人家姑娘瞧。」任八方調侃著。

「我看的是鞋，你看的是姑娘。」粗小皮說。那腳生來就那樣了，但是，鞋子可以彌補那缺憾。

「米糠，那《一箭之遙》你到底讀了沒有？」任八方問著，兩道粗眉微微皺著。

「翻了兩下，忙得很，沒空讀。回牛頭村再讀。」粗小皮轉頭露出不解的神情問：「你爲何這麼在乎我讀了沒有？客人買書回家，讀不讀或怎麼讀都不關你的事吧！」

任八方一臉失望，不理會粗小皮的回應，繼續追問：「到現在都不讀，對結局不感興趣？」

「有興趣啊！我把重要的事辦完，心情輕鬆了就能讀了。」粗小皮說：「不然，你就告訴我結局嘛！」

任八方走到粗小皮面前，托著下巴、歪著頭看著粗小皮說：「我強烈的懷疑，你不識字？」

「我識字。名字裡有的字，我大都認得。」

「爲什麼是名字？」

「因爲要記下客人的名字，所以從客人的名字開始學認字。大多數的字我都認得，任何字都可能拿來取名字。就連『死』這個字，都是一個罕見的姓氏。我見過一個名字叫『林活』，還有一個叫『師恭』。」粗小皮笑了起來：「名字裡的字很有趣呢！任先生的名字也取得好，簡單好寫，又有深意。」

任八方這下子得意了起來：「你認爲這八方，是哪八方？」

「我只知道東南西北方，還有哪些方，任先生賜教了。」粗小皮恭敬的拱手作揖，虛心求教。

「這個問題你問任何人，他們都會告訴你：『八方不就是東、西、南、北、東南、西南、西北、東北八個方向嘛！』」任八方一臉得意的說著：「我任八方的八方，除了東南西北，就是天涯、海角、地心，和人心。這才是眞正的八方任我遊啊！」

粗小皮正打算大大讚美任八方一番，卻見那兩個姑娘從布行裡走出來。粗小皮立刻站了起來，小心翼翼的對那小姐說：「姑娘，可以讓我試試修一下你的鞋嗎？」

「我家小姐的鞋沒問題，不用修。」丫鬟不客氣的說。

「我有一個法子，可以讓你家小姐的兩隻腳看起來一樣長，走路不跛。」粗小皮小心翼翼的說著。

「你竟然說我們家小姐是個跛子！」丫鬟毫不客氣的朝粗小皮臉上揮過去一個巴掌，粗小皮俐落的躲過了。

「不想試也別打人哪！」任八方生氣的叫了起來。

那姑娘看著粗小皮，眼神流露出興趣：「就讓他試試。」

「你到布行借張凳子讓你家小姐坐下。這鞋得花些時間。」粗小皮說。

丫鬟去搬凳子的時候，粗小皮蹲下身目測了那姑娘兩腳的長度差距。凳子來了，姑娘坐下。

「請脫下左腳的鞋。」粗小皮說。

丫鬟幫著把姑娘左腳的鞋脫下來，遞給粗小皮。

粗小皮接過還有餘溫的鞋，比起鞋子的各種臭味，粗小皮更難以忍受鞋子尚未冷卻的溫度。但此刻，他忽略了那溫度，他有一個非常有趣的點子，要用在這隻鞋上。粗小皮拿出三塊從樹上割下來的厚軟樹皮，量了一下鞋子的大小後，將那軟樹皮切割出一個腳形，然後將它們縫進一塊布裡，塞進鞋子，再割開鞋尖縫線，將它們裡裡外外牢牢實實縫上一圈，固定後就不容易滑脫。

粗小皮遞上鞋子：「好了，姑娘可以穿上試試。」

丫鬟幫著姑娘把鞋穿好。

那姑娘站起來，試著走了幾步，穩穩的走著，不跛了！

走著走著，那姑娘眼睛裡盈滿淚水！

「不跛了！」姑娘哽咽的說。

「對，不跛了。」粗小皮點點頭，很替自己和姑娘高興。

「給錢，快點給錢，給多一點，全給了。」姑娘急切又激動的說著。

丫鬟把錢包裡的錢全給了粗小皮。

「太多了，太多了。」粗小皮要退回去，丫鬟不給退。

「姑娘，我研究過這東西，穿久了一定會壓扁，壓扁就會沒有彈性。穿多久會壓扁我也不曉得，但一定會壓扁。你在家的時候，就別穿這雙鞋，出門再穿，這樣就不會那麼快壓扁。」粗小皮認真的叮嚀著。

「我知道了。謝謝小師傅。」姑娘點頭回禮。丫鬟扶著姑娘坐上馬車，馬伕駕著馬車走遠了。

「米糠，眞有你的。你的技術讓我佩服！」任八方說：「我這輩子沒佩服過什麼人，但你，米糠，你還眞讓我佩服。」

「我也佩服自己了。」粗小皮笑著說。

才一頓飯的功夫，剛剛那輛馬車又回來了。

怎麼回事？這麼快就壓扁了？不會吧？粗小皮站起身來，懸著一顆心，看著馬車。

從馬車上走下五個人，他們笑吟吟的走向粗小皮。

「小師傅，這是我家老爺、夫人、兩位少爺。」丫鬟對粗小皮介紹著。

那老爺握起粗小皮的手，激動的說：「謝謝你爲我們家欣兒做的。我以前就說過，只要有誰治好我家欣兒的腿，我就將欣兒嫁給他。小師傅，雖然你是個補鞋的，但是我說話算話，你願意入贅到我們家來嗎？」

粗小皮簡直嚇傻了！

「我只是加了個鞋墊，那鞋墊壓久了還是會扁掉，我並沒有治好那……那……那姑娘的腿……我才十四歲，我還不想成親……那姑娘……那姊姊大我好幾歲……」

「大幾歲有什麼關係，你先住進我們家，過幾年再讓你和欣兒成親，你可以爲她做鞋，鞋墊壓扁了，你就幫她換新的，這樣她就能永遠正常的走路了。小師傅，我會幫你開一間東大城裡最大最有規模的鞋店……」那老爺繼續說著，還拉著粗小皮不讓他走。

「我不能和你家閨女成親，我有喜歡的人在家鄉等我！」粗小皮將手抽出來，抓起地上的背袋和木板，轉身拔腿狂奔。

那老爺和他的兒子們很驚訝，一臉不敢置信的望著粗小皮的背影，天上掉下來的榮華富貴，這個小鞋匠居然不屑一顧！

「如果我有個閨女，我也想將她許配給這個有才華的小師傅。可惜，我自己都還沒成親哪！告辭了，祝福你們家閨女。」任八方說完，立即跨開大步追粗小皮去了。

但是他追丟了，粗小皮像箭一般的，「咻」一聲便失去了蹤影。

任八方悻悻然站在原地想著，這下要去哪兒呢？他的肩膀忽然被一隻大手壓住。兩名捕快站在他的兩側，露出一臉賊笑，一副逮到你的模樣。任八方認出他們，就是在招搖山騎馬問候他的那兩名捕快。

「任八方，跟我們到衙門一趟，我們家老爺要請你喝茶。」其中一名捕快說。

「喝茶是吧！我很挑的，爛茶我可是不喝的。」任八方嘻皮笑臉的說著。

第十章 他鄉遇故人

粗小皮紅著臉走著，他剛剛眞是那麼說的：「我有喜歡的人在家鄉等我。」他很懊惱自己怎能這麼說呢！他喜歡麥甜，但是麥甜並沒有在家鄉等他，麥甜將來會是康亮的媳婦，這句話千萬別讓麥甜和康亮聽到啊！粗小皮朝自己的腦袋敲了好幾下，提醒自己，別再說這些蠢話，自己應該忘了麥甜。

粗小皮正朝著天井山的方向走去，剛剛打聽了，再走幾條街就出城了。他本來打算修三天鞋，就能攢夠旅費，但那欣兒姑娘給的實在太多，多到他這陣子都不用修鞋，可以趕緊去天井山把荀大夫一家人給救出來。

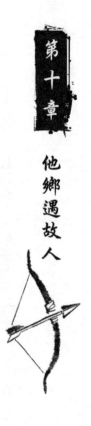

一輛馬車急匆匆的從粗小皮背後疾奔而來，粗小皮退到一旁讓路，馬車經過時，他看見小小的窗口有個姑娘露出驚恐的表情大叫著：「救命啊！」還扔出她的手絹。馬車裡立即傳出男人的喝叱聲：「你找死啊！」

粉紅色的手絹就落在粗小皮腳邊，那姑娘有難是嗎？聽說城裡常有拐賣婦女和孩童的惡人。粗小皮順手撿起路旁一顆拳頭般大的石頭，用手絹包起來，將石頭朝著馬車車輪扔過去。石頭擊中車輪，手絹纏住輪軸卡住了，疾行中的馬車失去平衡翻倒，連馬兒都摔在地上，揚起漫天塵埃。

路上行走的人紛紛向前察看，粗小皮也小跑步過去。

從馬車裡爬出三個男人和一個姑娘，四個人因爲重摔，有人把手給摔斷了，有人撞傷了鼻子，流著鼻血；那姑娘扶著摔傷的右手臂跛著腳想逃離，卻被一個方臉男子抓了回來。

「姑娘，他們是你的家人嗎？」粗小皮決定管這件閒事了。

「不是不是，小兄弟，請你救我！幫我報官，他們莫名其妙就把我抓進馬車……」

姑娘用顫抖的聲音說著：「他們是人口販子。」

「這是我們家的家務事，這是我妹子，她想逃婚，我們要抓她回家。」方臉男子臉上撞出一個大腫包，左眼幾乎都睜不開，雖然一臉痛苦，卻仍然不願放開那女子。

「我不是他的妹子……」姑娘流下淚來。

旁觀的路人議論紛紛，一時之間也不知誰說的才是眞的。

「到衙門去說清楚，萬一他們是拐騙的惡棍，這姑娘就冤了。」

「寧願抓錯人，也別錯放一個。」

馬伕已經解開馬車上的套件，讓馬起身。馬車壞得厲害，得大修了。

「我們的家務事幹嘛到衙門？我們自己解決。」那人抓起姑娘的手跛著腳就要走，

粗小皮和眾人立即上前阻擋。

「你得到衙門證明這姑娘是你的妹子。」粗小皮說。

「你們長得一點都不像。」路人甲說。

「如果你心裡沒有鬼，就跟我們走一趟衙門。」路人乙說。

「我不去。」那人惡狠狠的說。

「不用去衙門了，這人就是個拐騙的惡棍。」圍觀的人群中有兩人動手要把姑娘拉過來，卻被那人抬腿踢飛，重摔在地。

會兩下子啊！粗小皮趨前，那人又抬起他的腳朝粗小皮踢去，但那人的腳都還沒放下，就痛苦的大叫一聲，鬆開抓住姑娘的手。一群人立即將那姑娘拉過去，保護著。那人低頭察看腿上的痛點，他的褲子滲著血，小腿上的皮膚被縫在褲子上，兩根縫衣針還掛在上頭。他痛死了，得找把刀把線割斷。

「衙門在哪?這幾個人得送去坐牢才行。」粗小皮問圍觀的人，立即有人領路。

「謝謝少俠出手相救。」那姑娘一路謝著，彷彿不這麼謝，無法表達她內心的感激。

「你不知道自己惹到了誰，小鬼頭，這筆帳會有人找你討回來的。你現在放了我們還來得及。」摀著左眼的方臉男子威脅著說。

一行人拽扭著三個受傷的惡棍來到衙門，粗小皮讓其他人將三名惡棍送進衙門，自己要趕路了。

就在這時，粗小皮看到一個熟悉的人從衙門走出來，身後跟了一群人，那個戴著官帽的人是縣老爺吧，縣老爺和一個蓄著雜亂鬍子、身材魁梧的中年男子不斷的交談，任八方卻是一副不耐煩的模樣。粗小皮躲在一旁看著，任八方終於進衙門去解釋《三百萬兩》那本書了嗎？圍繞在他身旁的那些人又是誰呢？任八方那樣子一點也不像書生，這會兒看起來倒像個有錢有勢的公子哥，連縣老爺都親自送他走出衙門。別得罪書生，他的筆像劍一樣鋒利。

粗小皮沒再多想，離開東大城之後，也許不會再遇見任八方了吧！粗小皮離開衙門，沿著剛剛走來的路線往回走，來到馬車翻倒的地方，幾個人七手八腳的想要把翻倒的馬車抬起來，馬車實在太重，幾個人的力氣根本抬不動。粗小皮停下來看了一會兒，自己救了一個姑娘，卻毀了這輛馬車，他帶著補償的心情走過去，幫著把馬車抬高再往上一推，馬車翻正了。

現場響起一陣歡呼！

雖然右後車輪壞了，車身朝右邊傾斜，但已經可以讓師傅更換輪子了。

粗小皮拍了拍手，轉身打算離開，忽然他似乎看見一個熟悉的身影，那人不就是經常往來雷爾鎮、牛頭村和塔伊鎮的背伕徐師傅嗎？粗小皮趕緊追了過去，對著徐師傅的背影喊著：「徐師傅，徐師傅。」

老徐停下來轉身察看，他看著眼前的少年，有點兒眼熟，卻想不起來他是誰，困惑的問：「你是？」

「我是老粗補鞋鋪的粗小皮呀！」粗小皮猛地想起自己外觀變了，沒綁頭巾，頭髮也長長了，難怪徐師傅不認得自己。

經粗小皮提醒，老徐終於認出來了，他吃驚的叫了起來：「唉呀，竟然在這兒遇見小粗師傅，你好像變了個人似的，長高了呢。」

粗小皮激動得眼睛都紅了：「徐師傅，最近還去牛頭村嗎？」

「這幾天我老丈人家蓋房子，我來幫忙幾天。忙完或許再送幾趟貨吧！」

粗小皮握著徐師傅的手，激動的說著：「能遇見你，真是太高興了。如果你有去牛頭村，喔，不是，是我可以拜託你去一趟牛頭村嗎？告訴老粗師傅，我很好，辦完事我很快就會回去了。」

老徐說：「有去牛頭村一定把話帶到。」

「我師傅他們還好嗎？大家都好嗎？」粗小皮急切的問著。

「幾天前看他還不錯，只是坐在那兒晃著腳喊膝蓋疼呢。人老了，就這裡疼那兒疼的，沒事的。」

「老粗師傅膝蓋疼呀！那可怎麼辦才好？二師兄艾吉要請大夫幫老粗師傅看一下才行啊！」粗小皮喃喃自語著，恨不得立即起身，拉個大夫走過千里古道給老粗師傅的膝蓋治治。

「鞋鋪暫時由艾吉照顧著。」老徐停頓了一下，一副欲言又止的模樣。

他那模樣讓粗小皮看得好不焦慮：「是誰怎麼了嗎？」

「康亮離開牛頭村了。」

「康亮離開牛頭村？他去哪兒了？」粗小皮叫了起來。

「有天來了一個江湖人，康亮就跟他走了。」老徐說：「康熊和康亮他娘哭得眼睛都腫了。」

粗小皮眼睛又紅了：「那江湖人是什麼人哪？是個好人嗎？康亮怎麼就這樣跟人家走了？」

「這我就不清楚了。」

「麥家的麥甜，她好嗎？」

「我去了兩次都沒見到她。」

麥甜一得空就喜歡待在鞋鋪編織些奇怪有趣的東西，去兩次都不見麥甜，麥甜不會也離開牛頭村了吧？

「唉呀，小粗師傅，我得趕回家了呀！你多保重了。」老徐趕著回家，匆忙的和粗小皮告別。雖然滿心期待徐師傅告訴他更多關於牛頭村的事，粗小皮也只能匆匆結束兩人的交談，帶著滿腹心事趕路去了。他擔心康亮，康亮怎麼就跟人家走了呢？對方是什麼來歷？是不是騙子呢？康亮他娘會有多傷心啊！

這一趟出門，實在花太多時間了。粗小皮剛開始很著急，急著想辦完所有的事趕回牛頭村。但慢慢的，愈拖愈久，他就慢慢說服自己，多耽擱一天就多耽擱一天吧！反正也耽擱夠久了，不差這一天。但是，當他聽徐師傅說老粗師傅膝蓋疼、康亮離家出走，他的心又急了！急得沒留意，自己已經出城，走進了鄉野。

天就要黑了，他還往這條路上走，這條路看來是朝著森林蜿蜒而去的。

這下怎麼辦？

轉身回東大城嗎？

第十一章　神奇少年

太陽已經下山，西方的天空潑灑著一片橘紅色彩。

粗小皮遠遠的看見一個農夫趕著三頭牛，正準備回家。

傍著山邊有一棟木造房子，獨立於休耕的稻田中。

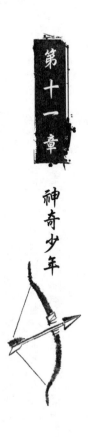

農夫經過粗小皮身邊時好奇的問著：「小兄弟，你這是要去哪兒呀？要進城還是已經出城了？」

「我已經出城了，要去天井山。」粗小皮說：「有人告訴我往這條路走，翻越兩座山，就到了。」

農夫打量著粗小皮好一會兒，才說：「你怎麼選這個時候上路？天都要黑了。這一路走去，你得摸黑走上半天，才有一間修峰寺讓旅客住宿休息。摸黑還不是問題，最大的問題是進入樹林之後，你可能會迷路，或遇見熊和凶猛的野豬。」

粗小皮看著遠山，天又暗了一些，他這才意識到自己太急躁，沒多想就一路走到這裡來，他一點都不想在黑夜中趕路，這下只能走回東大城了。

「小兄弟如果不嫌棄，我們家還有一間房空著，你可以睡一晚，明天再上山。」農夫誠懇的提出邀請。

「大叔，咱們素昧平生，你卻願意收留我住一晚，太感謝了。」粗小皮眞心感謝著。

「你才幾歲？要一個人去天井山？」

「我十四歲了，一個人走沒問題。」

「你知道天井山是什麼地方嗎？」

「山上的一個村子是吧！」粗小皮也不曉得天井山是什麼地方，當時應該請莫子離再多講一些的。

「你爲什麼要去天井山？那裡有你的親人？」農夫關心的問著。

粗小皮遲疑著，該怎麼說？

「去找人。」粗小皮隨口說了，不想農夫繼續追問，便趕忙幫著把三頭牛趕進牛棚。牛棚裡疊著一堆曬乾的稻草，粗小皮隨手抽了幾根拿在手上，跟著農夫進屋。

屋裡瀰漫著乾草和食物的香氣，兩盞油燈照亮了屋子，感覺相當的溫暖。一個和粗小皮年紀相仿的男孩面無表情的坐在桌邊，另一個女娃還小，才一歲大吧，坐在竹製的搖椅上看著粗小皮，農夫的妻子正在大灶前炒菜。

「有客人哪，暫住一晚，明早就走。」農夫對妻子說。

「行，有啥吃啥咩！」農夫的妻子轉頭對粗小皮說。

大門被推開，走進一個年輕的姑娘，雙手捧著裝滿紫色乾燥花的竹盤子進屋，她看見粗小皮時臉上閃過一絲驚訝的表情。

「天色晚了，讓這個小兄弟借住一宿，明早就走了。」農夫對姑娘說完，轉頭對粗小皮說：「這是我姪女，菲兒。」

菲兒朝粗小皮點了點頭後，便將竹盤子拿到角落擱著，那裡已經擺著好幾盤曬乾的藥草。

農夫姓鄧名光，四十出頭，一家人在此地務農、種菜，收成後運到東大城販售。少年名叫鄧遠，一歲小女娃叫鄧華。

「在下叫米糠。」粗小皮紅著臉，隱瞞了真實身分。

粗小皮在鄧遠面前的位子坐下，用稻草編了一隻蚱蜢。鄧遠目不轉睛的看著，粗小皮把草編蚱蜢遞給鄧遠，鄧遠不要，他要粗小皮手上的稻草。粗小皮遞過稻草，鄧遠用極快的速度也編了一隻蚱蜢，和粗小皮編的一模一樣。

粗小皮感到驚訝，問他：「原來你也會呀！你還會編什麼呢？」

男孩依然面無表情，看著粗小皮不回答。

難道這男孩只看一遍，就可以依樣畫葫蘆的編出一隻蚱蜢？粗小皮用比平常更快的速度又編了一隻青蛙，送給坐在竹搖籃上的小女娃。小女娃接過去看了一眼，便放進嘴裡咬出滿嘴口水。

「青蛙好吃嗎？」農夫笑著捏了捏小女娃嫩胖的臉頰。

接著，那男孩也編出一隻青蛙。

粗小皮非常非常的吃驚！

「別吃驚，鄧遠過目不忘。」鄧光揚著得意的笑容說：「他不愛說話，脾氣有點怪，他和我們不太一樣。別擔心，他不會攻擊別人。」

粗小皮編了一朵花，送給菲兒姑娘。

鄧遠也編了一朵花，送給菲兒姑娘。

菲兒拿到兩朵花，臉上終於露出淺淺的笑容。

菲兒姑娘臉色蒼白，眼裡有深遠的憂傷。粗小皮看著菲兒的眼睛，覺得似曾相識。

粗小皮又編了一朵花，送給鄧大嬸。

鄧遠也編了一朵花，送給媽媽。

粗小皮第一次見到過目不忘的人，內心很激動，他覺得鄧遠是位神奇少年，如果教他編草鞋，只要教一次立馬就上手，老粗師傅一定會喜歡鄧遠這樣的徒弟。

飯菜全都上桌了，鄧大嬸招呼大家用餐。

用餐到一半，粗小皮忽然放下飯碗，細細聽著遠方的聲音，是口哨聲，熟悉的旋律。那三個假捕快又來了嗎？這下怎麼辦？如果他們闖進來，打擾了農夫一家可就不好，鄧家人肯定會認為他是個惹麻煩的江湖人。這群人神出鬼沒，總在自己身邊打轉，現在竟然也跟到這荒郊野外來了！還真想把他們都縫在一起，扔到林子裡餵山豬。

菲兒姑娘的眼神也銳利起來，彷彿她也聽到那口哨聲。粗小皮看著那雙銳利的眼睛，猛地想起來了，菲兒就是那天夜裡在大宅院盜走獸皮、將獸皮埋葬的那位姑娘，而她應該早認出了自己。

「我聽見有人在外面吹口哨。」粗小皮說。

飯桌上的每個人都停下動作，豎著耳朵聽著。

「我沒聽見啊！」鄧大嬸說。

「我也沒聽見。」鄧光說。

菲兒姑娘沒出聲。

粗小皮又聽了一會兒，口哨聲消失了。他看了菲兒一眼，菲兒立即低下頭吃飯。

鄧光拿來一壺酒，倒了一杯推到粗小皮面前：「冷天喝點酒，痛快。」

粗小皮將酒杯推回去：「真對不住，我不喝酒。」

「一口也不喝？」鄧大嬸問。

「是，一口也不喝。」粗小皮口氣堅定。

粗小皮看著菲兒，她的身手如此不凡，是家傳嗎？那鄧光呢？一定也是個高人吧！坐在搖椅上的小女娃忽然大叫一聲，把手上那沾滿口水的稻草青蛙往餐桌上一扔，青蛙穩穩的降落在湯碗裡。

粗小皮看看小女娃，再看這一家子，這一家子都是高人吧！

鄧大嬸把稻草青蛙撈起來擱在桌上，繼續吃飯。

粗小皮看了一眼菲兒姑娘，她安靜的垂著眼眉吃飯的側臉眞是好看。粗小皮發現鄧光正看著自己，趕緊將視線收回來。

用過飯後，粗小皮、鄧遠和菲兒姑娘在餐桌前喝茶。鄧遠抓了一把稻草回來，不停的編織蚱蜢和青蛙。

粗小皮從背袋裡拿出任八方寫的《一箭之遙》，擺在菲兒面前說：「這個作者很有意思，他在麵館說書，說到精彩處就不說了，如果你想知道故事結局就去買他的書。我買了一本。」

菲兒拿起《一箭之遙》，臉上露出非常感興趣的表情，才翻開第一頁，書就被鄧遠拿走了。他拿著書離開餐桌，坐在灶前的凳子上讀了起來。

「我還沒讀，讓鄧遠先讀，回程我再來取。」粗小皮說。

「書裡說什麼呢？」鄧光從房裡走出來，聽到他們的對話。

「我在東大城飯館吃飯，有個說書人在說這本書，他說兩個村莊爭一塊地爭了二十年，也吵了二十年。有一天來了一個箭客，他射出一枝箭，讓兩個村莊在箭的射程的兩端設置箭臺，每年一次，各派出代表站在箭臺上同時射出一枝箭，誰先射中對方，那個村莊就贏，那塊地就屬那個村莊。那個箭客射出第一箭……嗯，故事就講到這裡。」

「連我都想看了。」鄧大嬸笑著說：「那箭客是故意的，那枝箭肯定飛得很遠，一般人的臂力到不了。我不識字，改天讀給我聽。」

「鄧遠會讀給我們聽。等他看完，你就可以把書收回去。」菲兒說。

「都寫成書了，結局肯定不普通。那箭大概飛過山頭了。」鄧光說。

「我也這麼想。」粗小皮笑著說。

「不如你把結局給我們說了吧！」鄧大嬸一邊哄著小娃兒睡覺一邊說。

「我還沒讀呢。」粗小皮說。

「買了書卻不讀？」鄧光說。

「我得把事情辦完，才有心情讀。」粗小皮說：「我想帶回牛頭村讓我朋友們也讀一讀。」粗小皮說完又不自覺的往菲兒姑娘那裡望去，她看起來心事重重，低著頭玩著手上的稻草。

「米糠家裡有兄弟嗎？」鄧大嬸問。

「我沒有親兄弟，但是隔壁包子鋪的康亮和我是好兄弟，我們比親兄弟還親。」粗小皮說完，一張臉心虛的沉了下來。他不確定，離開牛頭村的康亮還當不當他的兄弟。

鄧遠依然埋首在書中。

屋外傳來響亮的蛙鳴，此起彼落，一片熱鬧。

粗小皮在蛙鳴的伴奏下，睡睡醒醒的度過了一夜。

公雞啼叫第一聲的時候，粗小皮就醒了。他將背袋整理妥當，小心翼翼的不發出半點聲音的來到廳堂，拿出補鞋工具，搬張板凳坐下，開始修補擺在門口的每一雙鞋。破了的，補好；磨穿了的，縫上牛皮碎片；沒破沒穿洞的就加強縫線。他還順便將鄧光掛在牆上的草帽破洞給補好。一切都滿意了，粗小皮這才將工具收好，打算悄悄的離開。他輕輕的打開大門，發現下雨了，而且愈下愈大。

啊，這下糟了！

「等雨停了再走吧！淋雨走路，再強壯的人都要生病的。」菲兒在粗小皮身後說著。

「對不住，把你吵醒了。」粗小皮滿臉歉意的說。

「我習慣早起，我最喜歡這個時候了。天還沒亮，但就快要亮了，有屬於夜的寧靜，卻又有一股即將蹦跳出來的朝氣躲在夜色裡。」菲兒看著漆黑的屋外說著。

粗小皮完全能夠體會菲兒說的這些話。在牛頭村，公雞啼叫後，他就會醒來，整理店鋪，打開大門，那時候夜色仍濃，月光會把懸崖頂街上的石子照得發亮。然後夜的黑會慢慢的、悄悄的褪去，直到天色濛濛亮，牛頭村的懸崖頂街就會朝氣蓬勃的展開新的一天。

「你把我們的鞋都補好了。」菲兒發現了。

「謝謝你們的招待，剛好學過一些補鞋技巧，聊表謝意。」

菲兒淺淺的笑了一下，這是粗小皮第一次見到菲兒的笑容。除了麥甜，他少有和姑娘相處的經驗，麥甜活潑健談，熱愛編織；菲兒卻安靜內斂，滿腹心事，眼裡裝滿憂傷。菲兒難得一笑，那一笑讓粗小皮也跟著笑了。

兩人站在門口看著落下的雨。

粗小皮鼓起勇氣問道：「菲兒姑娘，你是否早已認出，我就是那日與你一起埋葬紫嚕嚕獸之人？」

「是。」

「菲兒姑娘為何也如此在意紫嚕嚕獸？你是否見過？」

「我沒見過。那商人不止一次在那街上兜售獸皮，那獸皮相當漂亮，是稀有之物。稀有之物一旦變成隨處可見的尋常東西，那就表示那獸有一日將會滅絕。最好的應對方式就是讓它變得更罕見，最好是消失在人們眼前。」菲兒低聲說著。

「我親眼見過，是一隻美麗的獸。」粗小皮說：「希望牠們能永遠待在深山裡，不被獵人找到。」

粗小皮本想多問一些關於菲兒姑娘的事，她為何會寄宿在鄧家？她的爹娘呢？她有一身好功夫，師承何人呢？但是粗小皮嚥下這些好奇，打探姑娘家的私事，似乎是無禮的行為。

粗小皮被大雨留了下來，鄧光一家都喜歡粗小皮，覺得這個少年性情好，誠懇有禮。午後，粗小皮教鄧遠打草鞋，雖然沒有草鞋機，也沒有三齒梳，讓編織的草鞋鞋底更緊實，那也沒關係，只要有稻草，其他的問題都可以克服。

兩人抓了一大捆稻草，在牛欄裡朝柱子拍打，打落碎屑細枝後，再用木頭將稻草梗搥打軟化後，回到乾爽的廳堂裡開始編織。粗小皮一邊做，鄧遠就在一旁跟著做。鄧遠對做草鞋很感興趣，神情相當專注的跟著粗小皮搓出鞋底主繩兩條，再將兩條主繩對折後用大腳趾夾住，變成四條主繩，接著數五根稻草，搓軟後開始將稻草逐一在四條主繩之間穿行編織。

很快的，粗小皮和鄧遠就各自編織出一隻草鞋，合起來剛好一雙。放在一起，因爲編織的力道不同，鄧遠編的鞋子明顯大了一點點，但湊成一對，還是一雙可以行走千里的鞋。

鄧遠像一個孩子，開心激動的大叫了好幾聲，接著就又跑出去抱了一捆稻草，在柱子上拍掉碎屑後進屋，坐在地上開始編織草鞋。粗小皮再一次受到驚嚇，鄧遠的腦袋、雙眼和雙手竟然能如此靈巧和諧的運作，才做過一次，他就記得每一個細節，一點差錯都沒有！自己當初可是學了一個月才學會的。

雨一直下到午後才停。

鄧遠就一直在那兒編織草鞋，彷彿他正忙著爲自己的鞋鋪補貨。

粗小皮站在屋簷下看著被雨洗淨的大地，他喜歡這樣寧靜的時刻。離開牛頭村後他總是在奔波，似乎沒有感受過如此美好的寧靜。

菲兒來到粗小皮身旁，蹲下身，指著幾株小草說：「這小草看起來不起眼，但是它

們很聰明喔。這草會看天色，下雨天它就不開花，你知道爲什麼嗎？」

「不知道。下雨，它心情不好，不想開。」粗小皮也蹲下身，把那小草看清楚。一株小草有三片心形的葉片，小巧可愛。

「因爲這草知道下雨天蝴蝶和蜜蜂都不會出來，花開了也是白開。開花是爲了傳宗接代，而蝴蝶和蜜蜂會幫忙。下雨或是夜晚，它們就休息，等到雨停，小花就會盛開。」

「不起眼的小草能這麼聰明啊！」粗小皮太驚訝了，第一次聽到這麼神奇的事，今天以前從來沒認眞看過這些野草呢。

牛頭村之外的世界在今天忽然變得非常有趣，鄧家人一個比一個有趣啊！

「我爹教我的。我爹認識每一種草，有一次和他上山，他和每一棵樹、每一棵花草打招呼，他知道他們的名字，就像他走在城裡，點頭回應每個和他打招呼的人。他常常說，沒有任何一種植物是多餘的，就算對人沒用處，對蟲子有用；對蟲子沒用，對土地有用；人討厭的，天上的鷹喜歡……我還沒學會他所知的一半，他就走了……」菲兒的眼淚滴在小草上。

粗小皮一時間也不知該接什麼話，只好安靜的看著那些會看天氣開花的小草。有沒有一種樹可以感應到人的悲傷，然後飄下一些美麗的花瓣或樹葉下來，給人安慰呢？

鄧遠來到粗小皮身邊，將《一箭之遙》遞給粗小皮：「還。」

「好看嗎？喜歡嗎？」粗小皮一邊問一邊將書遞給菲兒：「換你讀，回頭我來取。」

「鄧遠會讀給我們聽，你見識過他的能力了，編草鞋的技法與書裡的文字是一樣的東西，他的眼睛看過一遍就全都記住了。」

粗小皮看著鄧遠，鄧遠編著草鞋，不說話。

「每個字都記住？」粗小皮問菲兒。

「一字不漏。」菲兒用肯定的語氣說著。

「他怎麼辦到的？」如果這功夫可以學，他就拜鄧遠爲師。

「不曉得，只有鄧遠自己知道，但他自己也說不清楚。我這個弟弟不愛說話，也不理人，還有人說他是傻子。他是個寶，不需要跟別人解釋。」

菲兒走向稻草堆，抽出一把稻草後，走回來。她遞給鄧遠兩根稻草：「我想要一隻蚱蜢。」鄧遠接過稻草，立即俐落又熟練的編了起來，編得又快又好。他完成了蚱蜢，又動手編青蛙，編好就交給菲兒，然後轉頭看著粗小皮：「教我，公雞和牛。」

粗小皮傻笑起來：「我不會編公雞和牛，麥甜肯定會。有機會介紹給你認識。」

鄧遠覺得無趣，揮了一下手，轉身進屋，繼續編草鞋。

「你爲何要去天井山？」菲兒問。

「我想去找人，我去了東大城他們的家，他們已經不在那兒了，有人跟我說，他們被……嗯，他們去了天井山……」

「你找這家人爲了什麼事？」菲兒凝神專注的看著粗小皮，等著他的回答。

「我只想給他們每個人做一雙鞋。」粗小皮低下頭看著自己的鞋說著。

「做鞋子？」菲兒流露出不可思議的表情：「走這麼遠的路，卻只爲了給他們做鞋子？他們沒有鞋穿嗎？」

「不是，他們有鞋子穿。」粗小皮凝視著前方被雨洗過的綠地說：「我想爲他們做點什麼，我只會縫鞋子。」

菲兒意味深長的看著粗小皮，看了好一會兒，她似乎明白了什麼，將視線拉回眼前朦朧的雨景，沉默不語。

第十二章　秀才和他的劍

午後，雨暫時停歇了。天上的烏雲並未散去，預告下一場雨也許很快就來了。

雨才剛停，有個人戴著斗笠，打著赤腳，背著一個籮筐，籮筐上頭用幾片芋頭葉覆蓋著，隱約見到籮筐邊緣露出一節木製劍把。那人來到鄧家屋前，卸下籮筐，把劍從背上取下，斜斜的倚在牆邊，接著走到門前微仰著頭，看著天空中一隻趁著雨停出來覓食的鷹。

大門打開，鄧大嬸走了出來，和站在門口的那人互看了一眼。鄧大嬸露出淺淺的微笑，說著：「啊，秀才，你來了，也不叫一聲。」說完低頭看了一眼秀才的腳：「還是不愛穿鞋。」

「用髒兮兮的腳底板打人巴掌可響了。」秀才笑嘻嘻的說。

聽到門口有人說話，屋子裡的人都走了出來。粗小皮很驚訝，竟然會在這裡再一次見到秀才。

鄧遠看見秀才整個人激動起來，他蹦跳了兩下，衝進屋裡拿出一把木劍，直接衝到秀才面前：「看招！」

秀才往身邊張望了一下，看見屋簷下整齊堆放的柴火，快步走去抽出一根短木頭。鄧遠放下木劍，滿臉不高興的指著斜倚在牆邊的劍，說：「拿你的劍，拿你的劍。」

「鄧遠，劍要休息，今天先用這個。」秀才揚著手上的木頭：「放馬過來。」

鄧遠開始了一連串的攻擊，秀才一直在閃躲。

「向下洗劍，鐵鏽飛揚。」鄧遠的木劍打在秀才的木頭上，瞬間往下抽拉，秀才眼看手指頭要被擊中了，趕緊將木頭拋起來，一個轉身用左手接住。閉眼轉身後睜開眼睛的鄧遠，揮劍打算使下一招「向上洗塵」，卻撲了一個空，他生氣的將木劍扔在地上：「不對不對，不是這樣的，不是這樣的。」

「好好好，鄧遠，我們重來一遍。」秀才走向牛欄旁擺放農具的地方，找到一根木棍，回到鄧遠面前，鄧遠已經撿起木劍等在那裡。

秀才突然轉頭對著粗小皮說：「看好了，鄧遠的劍法是『除鏽洗劍』。爲了鄧遠，我創制了一套對應的招式，叫做『逆來順受』，對付我自己的劍法。因爲鄧遠只看一遍就記住『除鏽洗劍』的所有招式，但是他無法打敗任何人，因爲他的對手不會是陪公子練劍的人。就像剛才我對應的招式亂了，鄧遠就跟不上了。鄧遠是家人，所以我願意用『逆來順受』陪他練劍健身，這套劍法不具攻擊性。但是，你可以從這兩套劍法裡，學會『攻防』的技巧。」

「我已經在你身上偷學了幾招呢！」粗小皮心裡偷偷的回應著。

秀才開始和鄧遠一來一往的攻防，鄧遠看起來架勢十足，不了解鄧遠的人，大概會認爲他是個惹不起的高手吧！

粗小皮覺得不對勁，剛才秀才爲何要對著他解釋他的劍法和自創的對應劍法？難道他在荀大夫的老宅見過他和莫子離交手？所以他知道自己偷學了他的劍法？

粗小皮覺得秀才才是眞正的高手，他此刻正在和自己對打，他也許早已經找到打敗自己的方法，逆來順受只是前菜。

鄧光和鄧大嬸也放下手邊的農活在一旁觀看。

天上的鷹下降了一些高度，沒多久便朝著鄧家屋前的田野俯衝下來，地裡有隻母雞帶著五隻小雞在覓食。粗小皮見狀，慌張的大叫一聲，脫下右腳的草鞋就朝老鷹扔過去，沒有擊中老鷹，但把老鷹嚇飛了。母雞咯咯咯的拉長脖子警戒的叫著。

鄧遠和秀才的對招也因此停了下來。粗小皮跑去撿鞋子，再跑回來。

「唉呀，多謝米糠救了我們的雞，不然雞媽媽要傷心了。那隻鷹已經抓走我們兩隻雞了。」鄧大嬸感激的說著。

「鄧遠，今天練到這裡就好了，我累了呀！」秀才說。

「不累不累，再來再來。」鄧遠興致高昂，繼續揮著手中的木劍。

「菲兒，你陪鄧遠練練。」秀才將手上的木棍拋給菲兒：「這些招兒你看過幾次了。」

菲兒接住木棍，卻愣在原地，一臉困惑的說：「我並沒有記住全部……」

「不必記住全部，過程中會慢慢想起來的，想不起來就隨機應變。來吧！試試。雖然所有的招都可以變，但是這回先陪鄧遠練劍。」

鄧遠迫不及待的揮出他的木劍，逼得菲兒趕忙接招。來回了幾次，菲兒慢慢的抓到這套劍法的節奏。『除鏽洗劍』的劍法最終目的並非致人於死，而是在對戰的過程中藉對方的劍刷去自己劍上的鐵鏽，讓亂飛的鐵屑干擾對手，逼對方認輸。對手很快就會發現繼續下去對自己不利，後半段就會開始閃躲，而這個時候，秀才的劍就會加快速度積極的進攻……這一切都在秀才的算計下進行。

粗小皮也看到這個點，他很慶幸自己和秀才並非敵人。

鄧遠和菲兒流暢的打完整套劍法，鄧遠累了，他收起木劍。

「好了，今天就練到這裡吧！貴客來訪，一口水都還沒喝，就被抓著練劍，眞是失禮。」鄧大嬸招呼大家進屋：「進屋去喝點熱湯，還眞冷哪！」

一群人往屋裡移動，菲兒掀起秀才籮筐上的芋頭葉，抱起籮筐往屋裡走。大家坐在餐桌前喝湯，菲兒站在窗邊將籮筐裡的藥草取出來，一一攤開、檢查、分類。

「米糠，這位是我的兄弟，秀才。」鄧光笑著說：「他的名字叫秀才，卻不是眞秀才，他是採藥人。」

粗小皮在苗天準家門前見過秀才，但是他沒打算說。

「有人訂貨，我才上山採藥。」秀才一派輕鬆的說：「當官哪比上山採藥逍遙啊。」

「秀才，這位是米糠。」

粗小皮起身朝大家彎身打揖：「謝謝鄧大叔、鄧大嬸照顧，謝謝秀才大俠讓我開了眼界。」

大家喝了熱湯，又吃了些糕點。

「要不要再出去練練。米糠，你隻身在外，練些防身功夫是好的。」鄧光提議：「去天井山的路上，最不缺的就是盜匪了。」

「練秀才大俠的『除鏽洗劍』劍法嗎？」粗小皮說：「我連一把劍也沒有呢。」

「沒有劍也沒有關係。有木棍用木棍，有鋤頭用鋤頭，身邊有什麼用什麼。你學的不是我的劍法，而是這劍法的攻防。沒有一成不變的東西。但是，對鄧遠來說就都是一成不變的東西。他學做一道菜，他會做出一模一樣的菜，不會加進一點胡椒或是木耳，這是他的，嗯，風格。這風格在江湖少有啊！」秀才笑了兩聲後繼續說：「我們不是鄧遠，我們可以加很多東西，豐富這道菜，最後把這道菜變成自己的拿手菜。」

粗小皮聽懂這些話，的確，他沒學會秀才的劍法，但是偷學的幾招已經足以讓他對付莫子離了。

秀才拿起他的劍，小心翼翼的將劍拔出來，劍身上又長出鐵鏽了。那生鏽的劍看起來非常的普通。

「他以前會把劍磨得光亮照人。」鄧光說：「現在懶惰了。」

「有一次，我背著半年沒用過的劍在山裡待了十幾天，雨一直下，我的劍幾乎泡在水裡。劍只是防身，或者用來嚇人，不用當成寶貝每天擦拭吧！於是我就懶得管它。下山的時候，竟然有三個人攔路，想搶走我的藥材。那次上山運氣不錯，我採集到了非常多珍貴的野生重樓，還有黃精。你如果被毒蛇毒蟲子咬了，用重樓敷一敷、抹一抹就沒事了。但這三個傢伙竟然想不勞而獲！我拔出劍來，那劍竟然長滿了鐵鏽，把那三個賊人笑死了，但是我用打一個呵欠的時間，就讓三個賊人摀著眼睛蹲在地上哭爹喊娘的。」

秀才很得意的笑著：「哈哈哈，天下神劍，得來全不費功夫。」

「劍不重要，會生鏽的劍，就是好劍。那些鏽生成不易啊！所以沒事別拔劍，眞正要解決問題的時候，再讓它華麗現身。」秀才停頓一下，繼續說：「劍不是我的武器，鐵鏽才是。我的劍不是用來殺人，它是要解決問題，而不是解決人。江湖上的紛爭就是這樣產生的，刀劍和拳頭製造權力和問題，解決這個問題，還是得用拳頭和刀劍啊！」

「不斷生鏽的劍，最後會斷裂的。」鄧光提醒著。

「斷了，再換把新的。」秀才起身說著：「走吧，小兄弟，雖然咱們才第一次見面，但是，我就覺得和你特別投緣。咱們去練劍，練一身好功夫，用來解決問題。」

秀才一把拉起粗小皮，不問他是否願意就往屋外走去。粗小皮這下爲難了，他從頭到尾都沒說過自己會一些防身的招式，現在就拿劍對招，要怎麼給個說法呢？爲什麼秀才就認爲每個人都會使劍呢？

外頭飄起了毛毛細雨。

「秀才大俠，我不需要……」粗小皮正要開口拒絕，那根木棍已經扔了過來。他接住木棍，一臉爲難。

「小兄弟，我這輩子只教過三個人劍法，這三個人全在這屋子裡。對，鄧遠、菲兒，還有你。」

「你爲何要將這套劍法傳授給一個陌生人呢？」粗小皮眞心不明白。

「因爲你想去天井山。那裡不是一般人能去的地方。」

「所有想去天井山的人，你都想傳授劍法給他？天井山上住著你的仇家？」

秀才從喉嚨乾笑兩聲：「小兄弟，我們剛剛在餐桌上像家人一樣一起喝了湯，所以你不算陌生人。來吧！練練劍，你不會損失什麼。」

的確，練個劍法的確不會失去什麼。好吧，就練一下劍，看看自己還有什麼能耐。

秀才用的是鄧遠的那把木劍，他的劍的確不輕易出鞘。

秀才率先出招，粗小皮見過秀才的劍法，大致了解這套劍的節奏，一直到後半段節奏變快了，粗小皮才顯得有點慌亂，木棍還被擊落。秀才見狀，便放慢了速度，待粗小皮回到原來的速度，又立即將節奏變快。就在這快慢之間把粗小皮整慘了，他完全處在被動防守的位置，無法搶回主控權。秀才就這麼來來回回的讓粗小皮適應速度的轉換。

粗小皮一邊抵擋一邊思考，終於在下一次快節奏的劍法裡，找到機會架開秀才的劍，接著後退一步拉開距離，一個呼吸之間，從守轉為攻。

秀才這才慢了下來，最後退了兩步，把木劍收起來，露出滿意的笑容對一直站在門口觀看的菲兒說：「你來和米糠練練，培養一下默契。」

鄧遠從屋裡衝出來，叫著：「我來我來我來。」卻被鄧光一把攔住：「先讓菲兒姊姊練一下，等會兒換你。」

培養默契？為何他需要和菲兒培養默契？

粗小皮和菲兒對上招了，菲兒使的是「除鏽洗劍」，粗小皮迎戰。有了剛剛的經驗，粗小皮這一次扭身、跨步、擋架、蹲身都非常的流暢。進入快節奏的時候，秀才突然拿起兩根木頭加入戰局，情勢立即變成秀才一人對戰兩人。一時間，粗小皮和菲兒的招式顯得手忙腳亂，但兩人很快抓到技巧，把秀才逼得節節敗退。

秀才看著粗小皮和菲兒，臉上再一次展露滿意的微笑。

「我希望你們明白，記住的不是我的劍法，而是眼觀四方的攻防之術。劍法是死的，敵人是活生生的。」

雨下大了，幾個人擠在屋簷下，看著雨。屋前的空地很快就積出一片水窪，雨滴打在上頭，畫出一圈又一圈的小圓圈。

「秀才大俠，鄧遠打了幾雙草鞋，你要不要拿一雙去穿？天冷，地上又濕又凍啊！」粗小皮說。

「嗯，我可以帶一雙走，也許牛糞多的時候可以穿上。」秀才停頓了一下，用一種彷彿喃喃自語的聲調說著：「別叫我大俠，我啥『俠』事都沒做過，窩囊事倒是做了一堆啊！」

粗小皮站在菲兒身旁，菲兒身上那股淡淡的藥草香氣，眞好聞。

第三天，雨還持續下著。

粗小皮和鄧家人、菲兒和秀才談了更多的話題。鄧光、秀才和鄧大嬸是一起長大的玩伴，兩人都喜歡同一個姑娘，但是這姑娘選擇了鄧光。秀才心裡落寞，但很快就釋懷：「天涯到處是芳草啊！哈哈哈。」

粗小皮想起康亮和麥甜，這情景看似相似，卻又不是。自己和康亮都出走牛頭村了，獨留麥甜在山村。

菲兒很有耐心的教粗小皮認識屋裡的每一種藥草，以及各有什麼功效。

粗小皮心裡想著，這雨，再多下幾天也沒有關係。

這雨果眞遂了粗小皮的心，連下了八天。

第九天，天氣終於放晴了。清晨，粗小皮帶著鄧大嬸送的饅頭和飯糰，踩著朦朧的晨光出發了。

粗小皮已經走遠了，但他還是聽見身後鄧家人在屋前的對話。

「他說他叫米糠，而不是粗小皮。」鄧光說。

「這是好事，江湖險惡，別三句話就掏心挖肺。」鄧大嬸說。

「和他聯手，勝算很大。」鄧光說。

「他的悟性非常好。」秀才說。

「他還沒走遠，這距離他聽得見的。」菲兒說。

「既然聽得見，那麼，米糠小兄弟，咱們很快就會再見面了。」秀才說。

「東大城西北邊山區有兩個村莊，面向日出方向左邊的那個村莊挨著山，山豬老闖入村子吃莊稼，就叫『山豬窟』；右邊村子有個乾涸大池塘，蓄不了水就變成坑，坑底朝著天，就取名『望天坑』。……」鄧遠在背書。

粗小皮很震驚，他們竟然知道米糠是個假名字！

很快就會再見面？是什麼意思？

粗小皮告訴自己別回頭，他們此刻肯定還望著自己的背影送行。

他把這幾天發生的事串連起來，這才驚覺，秀才是專程趕來相見，並教授他劍法的。爲的就是要讓他和菲兒培養一種默契。

「和他聯手，勝算很大。」是什麼意思？粗小皮內心感到極大的不安，好像整個世界的人都躲在暗處，只有他一個人手上拿著一盞油燈，雖然照見前方的路，但也被所有人窺看著……

粗小皮已經走遠了，卻還是清楚的聽到鄧遠在唸《一箭之遙》：

這兩個村子為了中間一塊地的產權，爭吵了二十年，那塊地大約三、四十間飯館這麼大。兩個村都窮啊，都認為是自己村裡的地。山豬窟村長打算在那塊地上蓋間小客棧，收入用來建設村子，再花錢把圍牆築起來，不讓山豬來。望天坑想在那塊地蓋間小書房，招收學子增加些收益，改善改善村子。為什麼是小書房？因為村子裡有個知書達禮又博學多聞的夫子。山豬窟村人老嘲笑望天坑村：「小書房就蓋在那個大天坑不就好了，坑大得可以蓋十間書房哪！」望天坑村人不甘示弱也酸回去：「在那裡開客棧，給山豬住是吧！哈哈哈，只有山豬會去住。」……

「應該聽不到了。」鄧光說。

鄧遠不再唸書了。

「遠兒，繼續唸，我們想聽啊！」鄧大嬸說。

「米糠走遠聽不到了。」鄧遠說。

「啊，你只唸給米糠聽？不公平！」菲兒也叫了起來。

「米糠走遠聽不到了。」鄧遠說。

第十三章 凶猛的飆哥

粗小皮走進森林，看見森林小徑的泥地上，除了人的腳印，還有馬蹄印子，心想這山路崎嶇，馬兒跑起來也是辛苦的吧！

森林樹木繁茂，陽光被擋在樹叢外頭，讓林子顯得陰暗潮濕又清冷。粗小皮戴著毛帽，穿著棉襖大衣，腳上套著布襪踩著麥甜編的草鞋，腳步沉穩的走著。一陣風吹過，樹上抖落了一樹昨夜停留在葉片上的雨水，雨水灑在粗小皮身上，他叫了一聲：「唉呀！」一邊逃一邊拍掉身上水珠。

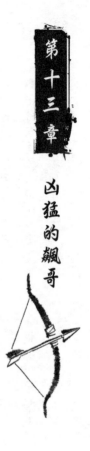

粗小皮走了幾個時辰後，停下來休息，拿出鄧大嬸準備的饅頭，坐在樹下吃了起來。才吃了半顆饅頭，就聽見前方矮叢林裡發出有東西走動的聲響，粗小皮站起身，抓起背袋背上，躲在樹幹後頭戒備著。

三隻黑呼呼的山豬從矮樹叢裡鑽了出來，粗小皮嚇了一大跳，山豬也嚇了一大跳，其中一隻露出尖銳獠牙的大山豬憤怒的朝粗小皮奔去。粗小皮嚇得趕緊爬上樹，他記得鄧大叔跟他說過：「千萬不要招惹山豬，見到牠們能躲就躲，牠們嘴角那兩根獠牙，可以刺穿你身體的任何部位；如果你不小心跌倒了，這山豬可以把你踩死！千萬別招惹山豬，牠們可野了！」

爬到一半時，整棵樹被狠狠的撞了一下，粗小皮手滑了一下，嚇得趕緊爬到樹杈上。這山豬啥時候和人結仇啦？已經躲樹上讓出路來了，還想怎麼樣？

粗小皮左手抱著樹，右手拿著吃剩一半的饅頭繼續吃著。他的手摸著樹幹，似乎碰觸到一種熟悉的東西，粗小皮這才發現這棵樹竟然就是有厚軟樹皮的樹啊！他樂得朝著樹下的山豬大叫著：「謝謝你啦！山豬飆哥。」

樹下的山豬用嘴在樹葉堆上拱著，吃著掉在樹下的果實。粗小皮朝樹梢看去，樹上結滿了果實啊！這果實長得還真可愛，每一顆都戴著一頂小帽子。山豬愛吃這個呀！等山豬走了，他也要撿一些種子回去，種在十三尖山的林子裡，以後這樹長粗長壯了，樹皮可以用來做鞋墊。老粗師父膝蓋疼，用這東西墊在腳下，走起路來有彈性，膝蓋或許就不疼了。

那隻脾氣火爆的山豬忽然又衝過來，朝粗小皮待著的那棵樹猛力的用頭頂撞了幾下，整棵樹晃動起來，掉下更多的果實。

「飆哥，飆哥，對不住，冒犯你了。我這不是爬到樹上來了，不耽誤你們吃飯，你就別生氣了。」粗小皮真心覺得這隻山豬是他見過脾氣最火爆的。那豬撞了幾下樹幹後，這才順了心，重新在樹葉堆裡找果實吃。

又來了更多的山豬，粗小皮隨即發現這片林子都是這種樹啊！整片樹林的樹葉已經轉黃了，真美！

粗小皮輕輕的刮下兩塊軟樹皮收進背袋裡，他拍拍大樹說：「樹大哥，我只取這麼多。謝謝你了。」

山豬們吃果子的時間實在太久了，粗小皮覺得再等下去，天都要黑了。

「吃飽了就快點回家去啊！」山豬們吃個不停，要吃到什麼時候呢？

粗小皮站在樹杈上，用眼睛丈量著這棵樹和隔壁那棵樹的距離，跳過去應該沒問題。只能這樣了，一路跳到那頭，就遠離這群山豬了。

粗小皮一站起身，就看見修執師父半躺在相鄰的那棵樹的樹枝上，右腿還擱在左腿的膝蓋上，一派悠閒。粗小皮嚇了好大一跳啊！「修執師父，你什麼時候來的呀？你一直坐在那棵樹上嗎？我怎麼就沒看見你呢？」

「我們都是一般人哪！一般人的眼睛只能看見一般的事物。」修執師父說：「這幾天有什麼事要給我說說的嗎？」

修執師父知道自己會路過這片林子，才在這裡等他，那他一定也知道自己在鄧家待了三天吧？

「我遇見一個叫秀才的人，他教我用劍，我學會了更精準的攻防戰術。」粗小皮說。

「你學會了更精準的攻防戰術，要用在哪裡？」

「如果有人挑釁我……」

「有人挑釁你，你就只能用武力反擊？」

「如果言語挑釁，我就不理會。如果劍都揮過來了，我就需要反擊。難道，劍都指著我的眉心了，我都不能使用武力反擊？」

「要不要用武力反擊，你自己決定。你要思考的是，你爲什麼讓人有機會將劍尖指著你的眉心？」

遠處突然傳來一聲淒厲的叫聲：「啊！別這樣，別這樣啊！」

粗小皮看見那隻火爆的飆哥怒氣沖沖的朝來時的山徑奔去，同時傳來一個男人的尖叫聲，那男人就在千鈞一髮之際爬上樹，手腳並用的爬了幾下後，抱著樹幹停住了，他沒力氣再往上爬了。那山豬凶狠的撞著樹幹，粗小皮這下看清楚了，那人是一個老和尚，他正慢慢的一點一點的滑下樹幹，再往下掉一些肯定讓山豬給咬了。粗小皮趕忙從這棵樹跳到另一棵樹，一路跳到老和尚抱著的那棵樹。

「方丈，方丈，你別慌，我來拉你一把。」粗小皮爬下樹，彎下腰，用左手扯住老和尚的僧衣後領，右手使力攀住樹幹，兩隻腳夾著樹幹往上蹬，終於把老和尚拉到樹杈上坐下。

山豬又撞了幾下樹幹，才不甘願的轉身準備回到豬群裡。那飆哥才轉身，就看某一隻公山豬不順眼，衝過去用頭一頂，將那頭山豬頂到百來步遠，這才終於又回到山豬群裡，拱著地上的落葉，吃著地上的果子。

老和尚和粗小皮看得目瞪口呆，這隻山豬也太凶悍了，一般老百姓遇到牠，沒及時爬上樹肯定死路一條。

老和尚驚魂未定，側身緊緊的抱住樹幹，害怕自己摔下去。

「謝謝小施主啊！多虧有你，否則我這身骨頭就要散在這裡，滋養這片櫟樹林了。」老和尚的聲音還顫抖著。

「這群山豬可真凶啊！」粗小皮說完這句話，便在另一根樹枝上坐下。他突然想起修執師父，但是他回頭看去，修執師父已經不見人影了。

「千萬不要招惹山豬啊！」老和尚說：「這群山豬野性強，一定得躲好。那隻壞脾氣大山豬是半年前才出現的，看任何人都不順眼，攻擊性很強，而且爆發力很驚人。」

「我剛剛見識過了。」粗小皮笑著說。

「我每次經過都膽戰心驚啊！」老和尚說。

「牠們這頓飯要吃多久呢？」粗小皮問。

「吃飽了就會走的。」老和尚說。

那果子那麼小一粒，要吃多少才能填飽肚子啊？看來晚上要在樹上過夜了。

「小施主，趕路嗎？」

「被山豬擋住了，趕不了呀！」

「再往前走一點，會看到一條岔路，從左邊的山路一直往上走，有一間廟，小施主如果不嫌棄，可以到廟裡住一晚，明日再上路。夜裡，這林子很危險，有山豬，有熊，還有土匪。」

「謝謝方丈，我非常樂意到廟裡住上一晚。」粗小皮眞心感謝自己的運氣，總是遇見好人。

粗小皮隱約聽到老和尚肚子咕嚕咕嚕的叫了幾聲，自己吃過饅頭了，老和尚還沒吃午飯吧！他從背袋裡拿出飯糰，恭敬的用雙手捧著遞上：「方丈，您還沒用午飯吧！我剛剛吃了一顆饅頭，這個飯糰是素的，您請用。這些山豬也不知何時會離開。」

老和尚微笑著接過飯糰，就吃了起來：「還眞餓了。謝謝小施主。」

粗小皮看著肥壯的山豬，心裡想著，如果在十三尖山遇見這些山豬，一定得抓一隻回去給老粗師傅醃一缸子山豬肉。想到這裡，他看了一眼老和尚，又想起自己還有另一個小和尚修正的身分，就臉紅了起來。眞混亂啊！現在坐在樹上的是粗小皮，不是小和尚修正啊！

老和尚一邊吃著飯糰一邊看著樹下的山豬，慢悠悠的說著：「山豬其實並不可怕，最可怕的是人，人可以毀了這片森林。你要去的天井山，那裡的人更可怕了，小施主務必當心啊！」

「山豬還是很可怕，牠的牙可以咬碎人的腳骨，牠的頭可以把你撞飛。」粗小皮好奇的問：「但您怎麼知道我要去天井山？」

「這條路就是到天井山，路上會經過兩個小村子，村子裡的人家每一個我都認識。」

「您怎麼沒想，我可能是哪個人家的親戚呢。」粗小皮調皮的說。

「我連他們的親戚都認識，你信不？」

「信啊，出家人不打誑語。」粗小皮又問：「如果我是他們新認識的朋友，你又怎麼會知道呢？」

「哈哈哈，小施主眞要這麼說，那我就無法回答了。」

經過兩鍋飯煮熟的時間，山豬終於一個個離開了。

粗小皮四處張望，確定山豬們都已經走遠了，這才準備爬下樹去。

「方丈，山豬走了，我們也下去吧！」粗小皮先爬下樹，抱著樹幹，要老和尚雙手也抱著樹幹，兩腳踩在他的肩膀上，慢慢的往下移動。花了好一會兒功夫，兩人才下到地上。

粗小皮忍著肩膀的酸痛，不想因爲搓揉肩膀而讓老和尚心生愧疚。他強忍酸痛，蹲下身撿了一些果實。

「這是野豬吃的，你也想嚐嚐？」老和尚笑著說。

「您眞是愛說笑。我撿回去種，這樹很有意思，是我最愛的樹。」粗小皮拍拍樹幹，搓搓那軟軟的樹皮。

「這果實人也能吃，吃了也不會死，只是又澀又苦，不好吃。」老和尚緩緩的走著：「走吧！到我的寺廟去，看到這片林子就不遠了。」

粗小皮跟在老和尚身後，看著他腳上的鞋子，乾淨，沒有破損，後腳跟不久前曾修補過。出家人穿的大都是布鞋，而且都是自己縫的，修執師父的鞋子就是自己縫的。

兩人來到岔路口，老和尚往左邊山徑走去，接著就是一段路面滿是碎石的上坡路，老和尚走得氣喘吁吁，每走幾步就得停下來大口喘氣。

「以前我也健步如飛呀！老了就像隻烏龜。」老和尚喘著大氣說著。

終於，粗小皮一抬頭，便看見小山頭上矗立著一座樸實的小廟，這廟看起來頗有歷史了，是間石頭搭建的古廟。廟的門楣上用金色顏料寫著「修峰寺」三個字，這三個字似乎聽過，很快他就想起來了，這就是鄧大叔說過的路途中可以歇一晚的寺廟。但，似乎還有一個人說過，是誰呢？

粗小皮和老和尚來到廟門口，老和尚推開厚重的木門，兩個年輕和尚從廟裡跑出來：「住持，您回來啦！要準備午膳嗎？」

「路上遇見吃果子的山豬群，躲在樹上，吃了這位小施主的飯糰。」老和尚說：「這位是修誠，那位是修孝。我是修言。」

「兩位師父好。」粗小皮雙手合十朝他們行禮。修誠、修孝也雙手合十微笑回禮。

「修峰寺現下只有三個人，一個老的，兩個小的。」修言老和尚說。

啊，修言、修誠、修孝和修執，這是修執師父出家的寺廟啊！之前在樹林裡見過修執師父，他應該回到寺廟了。粗小皮四處張望找尋，卻沒見到人。也許等會兒他就會從哪個角落現身吧。

修言住持帶著粗小皮到他住宿的禪房。路上經過一片菜園，地裡的菜幾乎被蟲子吃光了。

「我們和蟲子一起吃菜，但是蟲子很凶啊，搶走我們的菜，只留一點點給我們。呵呵，一點點，也夠我們吃了。」修言住持一派輕鬆的說。

寺廟後方是一棟獨立的石頭砌成的矮房子，就是禪房。開門後，有個小廳堂，三張竹凳子，一張小圓桌，小圓桌上擺著水壺和幾個杯子。後面是門門相對的房間，有六間讓訪客休息的禪房。粗小皮住在左邊第一間，推開房門，禪房大約是粗小皮伸展雙手便觸到牆壁那般大小。地上鋪著草席，房裡有一個枕頭、一床墊被和一床厚棉被，沒其他多餘的東西。

「夜裡很冷。」老和尚說：「你就和衣睡吧！」

「廟裡有什麼需要我幫忙的嗎？我什麼都可以做。」粗小皮放下背袋，希望能做點什麼回報這一宿一飯之恩。

「能做什麼，小施主自己決定。」老和尚微笑著說，說完便轉身離開。

粗小皮也笑了，這句話多麼熟悉呀，果然師出同門啊！

粗小皮走出禪房，到處走走逛逛，看看有什麼是自己可以做的，同時，他也在找尋修執師父的身影。修峰寺有點破舊了，牆上和門上的漆大都剝落，這他幫不上忙，他不知道該去哪裡取得這些漆。庭院有幾棵樹，地上的落葉都掃過了。他來到廚房前，見修誠正在裡頭忙著，門前堆著一些木頭，一塊圓柱形的大木頭上插著一把斧頭，劈好的木柴整齊的堆放在牆邊。

粗小皮拔起斧頭，拿起待劈的木頭放在圓柱形的木頭上，便開始劈柴，一塊木頭劈成四片。劈著劈著，粗小皮流汗了，他脫下棉襖大衣，繼續劈柴，這樣的勞動讓粗小皮感到痛快。

堆放木頭的時候，粗小皮發現矮牆邊有一扇斑駁的小木門，他好奇的推開門往外看了一下，是一條通往森林的小徑，不遠處有兩座墳立在小徑旁。粗小皮看見草地上剛好開著幾朵小野菊，他摘了幾朵來到墳前，將花擱在一座長滿雜草、墓碑也爬滿了青苔、看起來年歲久遠的墳前。另一座是個新墳，但是墓碑卻是舊的。粗小皮讀著新墳墓碑上的刻字：**修執之墓**。

修執之墓？

粗小皮非常震驚，他站在墳前，難以置信的叫出聲來：「修執師父的墳？修執師父什麼時候死了？」

修言住持不知何時來到他的身後，也露出吃驚的神色：「你見過修執？什麼時候？在何處？」

粗小皮轉頭看著修言住持，臉上的驚恐仍未褪去。

「小施主是在何處見過修執的？」修言住持又問了一次。

「最早是在一個月前在明鏡湖的船上，接著又在前往東大城路上的工寮裡。剛剛在樹林，你被山豬追撞之前，修執師父就在林子裡。」粗小皮激動的說著：「他送我一套僧服，還給我『修正』這個法號。」

修言住持走到修執的墓前，看著墓碑，長嘆了一口氣。

「修執是眞死了。前天才葬下的。」修言住持說：「你見到的確是修執，不過，那是修執昏迷時出走的魂！」

粗小皮還處在震驚之中！

任八方說那天在荒野客棧救他的是一位姑娘，從頭到尾沒見過什麼僧人。但是修執師父一直陪著他，陪著他在山上的工寮醒來，還帶著他住進東大城的客棧……那間客棧，是眞的嗎？

「東大城裡，有一間客棧，叫『無塵』……」粗小皮遲疑的說。

「那客棧是眞的，是讓所有出家師父外出時可以歇一晚的地方。」

「爲什麼是我？」粗小皮問：「他要我爲他做什麼嗎？」

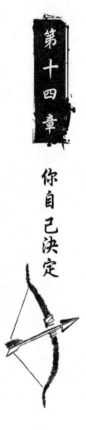

第十四章 你自己決定

一隻松鼠在樹上跳躍，發出尖銳的短音後，停在樹枝上，看著粗小皮與修言住持。

「爲什麼是你？我想，他有遺願未了吧！但我也不知道是什麼。」修言住持說：「小施主家在何處呢？」

「我住在千里古道上的牛頭村。」

「啊，那就是了。修執曾經在牛頭村的寺廟待過，後來那間寺廟被野獸攻擊，他們只好棄廟而去，回到修峰寺。」

粗小皮知道那間廟，往十三尖山方向走去，經過涼茶亭，走下斜坡，斜坡下有兩條岔路，右邊去森林，往左邊走一會兒就可以看見那間破廟。他記得有一面牆被撞出一個大洞。

「修執年輕未出家前，曾經是強盜窩裡的一名強盜，有一回他窩裡反，把自己待著的強盜窩給戳得千瘡百孔，得罪了一幫強盜和縣城裡的縣老爺，被縣府通緝，也被其他強盜追殺。後來他身受重傷，倒在寺院門口，我們收留了他，將他給治好了。他大受感動，剃度出家，法號『修執』，要修他的執念。爲了不讓那些人繼續找他麻煩，我們在寺外給他造了一座墳，墳裡埋著他受重傷時穿著的血衣，用來掩人耳目，讓他重生。」修言住持說：「他的確安分守己的在寺裡潛修了好多年，一直到前兩年，那幫人來到天井山另起爐灶，做一樣的勾當，修執自認出家如果只是在廟宇唸經，對世間又有何益處？於是他不顧寺規隻身上山，身上中了三枝箭，奄奄一息的躺在林子裡，兩個師弟去把他帶回來。他昏迷了兩個月，於幾日前走了。我們挖開墳，把修執再葬一次。」

粗小皮驚恐的心平復了下來。原來修執師父從牛頭村就一路護送自己來到這裡。

修言住持口氣溫和的問著粗小皮：「小施主，你方才提到，修執贈了你『修正』的法號？」

「是的。除了法號『修正』，還有一套僧衣。」

「出家之意，可是出於你的本心？」

粗小皮遲疑了片刻，才說：「並非本心，但眞心接受佛門身分，得到『修正』法號之後，至今未曾沾葷。」

「這個法號給得不正當，我得收回。小施主若有心，日後可以在家修行。」修言住持說。

「我喜歡『修正』這個法號，我不能留著嗎？」

「既然出家之願並非你的本心，爲何想留下？你的背袋裡有一套僧服，你爲何不穿？又打算何時穿它？你的光頭是爲了六根清淨而剃的？」

粗小皮語塞了，他不知如何回答。他的光頭，是因為他是牛頭村人，牛頭村的男人一律剃光頭。

「佛門身分，不是兒戲，不是讓你拿來隱遁眞實身分用的。」修言住持說。

「那麼，我要歸還這套僧服是嗎？」

「要不要歸還，小施主自己決定。」

這可以自己決定的嗎？

老和尚對粗小皮說：「你自己決定。」

修執也對粗小皮說：「你自己決定。」

粗小皮覺得這間寺廟如果改成「你自己決定」，會更有禪意！

粗小皮也看出「你自己決定」這句話的箇中禪意。當修執師父要他自己決定要當粗小皮還是修正小和尚，這是一種選擇，這樣的選擇要自己決定，做決定的人就得四方八面都想清楚，才能做出最好的決定。

修執師父已經過世了，是不是再也不會見面了？粗小皮不再感到害怕，他甚至想再見他一面，告訴他這些日子經歷的許多事。

「住持，小施主，可以用膳了。」修誠來到兩人身後，小聲的說著。

修言住持、修誠、修孝和粗小皮四個人安靜的坐在廚房的圓桌旁，牆上貼著一張紙，上頭寫著「用膳，禁語」。餐桌上擺著一籠冒著熱氣的包子，和一大碗雜菜湯。

四個人安靜的開動了。粗小皮夾起一顆包子，他覺得這顆包子的樣子像極了康亮家的包子，大小和褶子都捏得一模一樣。他咬了一口，是南瓜餡，怎麼連南瓜餡的味道都一模一樣？粗小皮一邊露出驚訝的表情一邊吃著，沒想到竟然可以在這深山寺廟裡嚐到如此相似的家鄉味兒。粗小皮吃了三顆包子，每吃一顆，都懷疑康亮曾經在這兒住過，做了幾籠包子作爲答謝。

吃過飯，粗小皮留下來幫著收拾碗筷，洗碗。修誠在一旁清潔蒸籠。

「修誠師父，請問那南瓜包子……」

「那不是我做的，是一個跟你差不多大的小施主做的。」

粗小皮驚訝的瞪大雙眼，問：「那人名叫康亮是嗎？」

「我不曉得他的名字，他綁著頭巾，我猜他可能是從牛頭村來的。」

「他一個人嗎？」

「不是，他跟著一位個子相當高大的男子一起來的。」

「他有說那人是誰嗎？」

「他們沒說，我們也不會問。」

「他看起來是個好人嗎？」

修誠笑了起來：「有人面惡心善，也有人面善心惡，我無法判斷他是好人還是壞人。」

「他們也是去天井山嗎？」

「這我就不曉得了。走上這條山路的人，雖然大都是去天井山的，但是也有人刻意走這條路去山豬窟和望天坑。」

「眞有山豬窟和望天坑這兩個地方？」粗小皮驚訝不已，山豬窟和望天坑竟是眞實存在的地名。

「小施主爲何如此驚訝？眞有這兩個地方。這陣子還聽說，今年的射箭擂臺跟往年不一樣，很多人趕著去看熱鬧呢！」

原來任八方寫的是眞實的故事啊！但是，他怎麼沒提今年的射箭擂臺跟往年不一樣呢？康亮不會大老遠趕著去看射箭擂臺賽吧？

粗小皮站在庭院，聽著蛙叫蟲鳴，還有角鴟咕咕咕的叫聲，在寂靜的夜裡聽來特別響亮悠遠。

粗小皮擔心起離家出走的康亮，他到底是跟著誰走了？他也想著任八方，覺得他並非像外表看到的是個四處說書賣書的人，他似乎隱藏了很多事。

粗小皮在禪房裡就著一盞搖曳的燭燈，縫了一雙棉襪。天這麼冷，修言住持腳上的布襪實在太單薄了，希望他能穿上這雙暖烘烘的襪子度過寒冬，這也算是他替修執師父做的最後一件事吧！他把縫好的棉襪放在修言住持的房門口。

粗小皮一早便醒來，將被褥整理好，背著背袋來到廚房，爐子上擺著一個蒸籠，蒸籠裡是熱騰騰的饅頭。粗小皮拿了兩顆饅頭用布巾包起來放進背袋裡，另外拿著一顆走向餐桌，坐下，配著桌上的醬瓜、醃菜吃著。

粗小皮來到佛堂，修言住持、修孝和修誠三人在佛堂誦經，粗小皮恭敬的雙手合十，朝佛祖行禮，朝老和尚和兩位師兄行禮。送上祝福與感謝後，他在奉獻木箱放了些錢，便悄悄的離開佛堂，再一次來到修執師父的墳前，向他做最後的告別。

「修執師父，請您安心吧！我已經決定好了，會永遠留著『修正』這個法號在我的心裡。謝謝您，再見了。」

天還沒亮，粗小皮走出寺廟站在門前，凝視眼前蒼莽的林海，好一會兒後，才伸了一個懶腰，準備出發。今天有好長一段路要走呢。

第十五章 真假任八方

粗小皮走在森林裡，步履加快，雷聲轟隆隆的從遠處一路轟過來，樹林也暗了下來，要下雨了。從這雷的聲勢以及昏天暗地的態勢看來，降下來的肯定是大雨，得先找個可以躲雨的地方，這麼冷的天，身體淋濕了可不好。

雨降下來了，又快又急又大，粗小皮跳過一條小溪流後，看見前方有一大片陡直的岩壁，岩壁左上方有一個洞穴，一條被人踩出來的小徑往上直通洞穴。他加快腳步，三蹦兩跳便來到洞穴口。

洞穴不大，低矮，得彎著腰進入，但是深度夠，往裡走是乾爽的，足夠三個人肩並肩坐著躲雨。粗小皮悶著頭往裡頭鑽去，忽然撞上了一個軟綿綿的東西，粗小皮以爲自己撞到了什麼野獸，嚇得直起身子，頭卻撞上岩洞頂部，痛得他唉叫了一聲。那蜷縮成一團黑呼呼的東西動了兩下，那是個人，那人也受到驚嚇，轉頭看了一眼粗小皮，便移動到更角落，把身子縮得更小了。

「對不住啊，太暗了，沒見到你在那兒。」粗小皮一邊說一邊撫摸著撞痛的腦袋。

那人不吭聲，縮著身子將臉撇過去盯著岩壁。

昏暗的光線下，粗小皮還是看清楚了那人，頭髮散亂著，衣衫襤褸，全身散發著久未洗浴的臭味。

粗小皮在另一邊坐下，兩人中間空著一個位置。外頭的雨大得嚇人，洞穴上方的雨水像瀑布一般嘩啦嘩啦的傾瀉而下，讓這個洞穴形成一個天然的水濂洞。

粗小皮從背袋裡拿出一顆饅頭，伸長手臂將饅頭遞過去：「這位大哥，咱們有緣一起在這兒躲雨，我有兩顆饅頭，就一人一顆，好吧？」

那人低著的頭緩緩的望向粗小皮手上的饅頭，沒半點猶豫便伸手接過去，吃了起來。他看起來餓極了。

粗小皮又拿出水壺遞過去：「配點水，別噎著了。」

「多謝了。」那人小聲的說，接過水壺，仰頭喝了好幾口後，將水壺還給粗小皮。

「你就住在這個洞穴裡？」粗小皮問。

「嗯，暫時待著。」那人說。

「你是要往天井山？還是東大城？」

那人不再回答，只是吃著饅頭。

「你往東大城方向走，翻過一座山後，會看見一個岔路，路口寫著『修峰寺』，你往那小路走一段上坡路，走到底沒路了，那兒有一間寺廟。修言住持會很樂意讓你住下，養好身子再離開。」粗小皮從兜裡拿出一串銅錢遞給他：「你給廟裡添點香油錢，你就自在了。」

那人沒伸手接，粗小皮便將錢放在那人腳邊。

那人突然掩面哭了起來！

粗小皮也感染了那人的悲傷，他這一身破爛，全身瘦成骨，躲在這洞穴裡，一定遭遇了非常悲慘的事。

粗小皮默默的吃完手上的饅頭，然後安靜的等著，如果這人想說，他就聽。不要輕易離開一個正在哭泣的人，趕路不重要了。

那人哭了一陣子，終於不哭了，他拉起髒兮兮的袖子擦去淚水。

「小兄弟見笑了。」

「只要是人，心裡都藏著一些事，沒事的時候就拿出來哭一下。」

「敢問小兄弟尊姓大名，來日有機會將報答這饅頭之恩。」

「這饅頭，是修峰寺那兒拿的。未來你發達了要報恩，就去修峰寺吧！」

「小兄弟，你不願意告知姓名是嗎？」那人說：「在下任八方，來日相遇……」

「你叫任八方？」粗小皮沒等他把話說完，驚訝的叫出聲來：「你也叫任八方？」

「你認識的人裡也有人叫任八方？」這個任八方也很驚訝。

「是啊，在一家飯館遇見的，我們吃飯，他說書，但只說一半，想知道故事發展就得買他的書……」粗小皮說。

這個任八方聽到這些話，立刻露出驚恐表情，用顫抖的聲音問著：「你什麼時候遇見他的？」

「最近是……幾天前在東大城，他從衙門走出來……」

那人立刻把粗小皮往洞穴更深處拉，並用一雙髒手摀住他的嘴，說：「噓，他就在附近，別說話，讓他知道我們在這裡就完了！」

粗小皮在心裡哀嘆了一聲，唉呀，遇見瘋子了！

大雨狂下，毫無停歇的跡象。

粗小皮被摀住了嘴，嗚嗚噎噎的發出聲音，示意自己要說話。

「你小聲說，別讓路過的人聽見。」那任八方說完後，鬆開手。

粗小皮點點頭，小聲的說著：「雨唰啦唰啦下著，我們說話外面聽不見。你在害怕什麼呢？」

「小兄弟，你遇見的那個任八方是假的，我才是眞正的任八方。他在飯館裡講的故事是不是叫《一箭之遙》？」

「是啊，就是《一箭之遙》，我還買了一本呢！」粗小皮太驚訝了。

「那是我寫的。」那任八方說。

「《一箭之遙》那本書是你寫的，你叫任八方？那麼，在飯館說書的那個任八方，他是誰？他爲什麼要冒充你？」

任八方朝洞穴外張望了一下後，才說：「他是天井山的二當家，大當家是他的兄長。別看他那樣，裝出書生的樣子，他的心可狠了。有一次我在飯館說書，他就坐在那兒聽，他很喜歡《一箭之遙》這個故事，他說，山豬窟是他的故鄉，他在那裡長大的。他要買走所有的書。我說，我得留一本，繼續抄寫。他也同意，帶走十九本。」

粗小皮安靜的聽著。

「當天，半夜，來了四個江湖人把我痛打了一頓，再用黑布蒙上我的雙眼，把我像貨物一般的綁在馬上帶到天井山，馬兒奔騰在崎嶇山路，顚得我命差點兒就丟了。我被軟禁在一間小房間裡，給他謄寫《一箭之遙》和《千里古道》這兩本書。」

雖然這個人話說得誠懇，但是粗小皮也不敢貿然相信，到底誰是眞的任八方？眼前這個也可能是假的呀！

想起那個說書的任八方，粗小皮就湧起一股被騙的憤怒，他還眞喜歡那個到處說書的假任八方，他的氣質和風格，就像他在說他的名字一樣：「我任八方的八方，除了東南西北，就是天涯、海角、地心，和人心。這才是眞正的八方任我遊啊！」一派瀟灑，好像他眞的就是任八方。

「他為什麼要這麼做？說書賣書能賺到錢是嗎？」粗小皮問。

任八方悲從中來，顫抖著嘴唇忍著心中的悲痛，兩行淚水卻悄悄滑落。

「他不缺錢，他只是覺得好玩。他要代替我去說書，因為書裡的故事寫的是他家鄉的故事，他說我說書的方式太死板，不好玩。他說，賣書的錢通通歸我，他不會要那些錢的。」任八方吸了一下鼻子，再深深的吸了一口氣，才說：「我在意那錢嗎？那傢伙搶走的是我的生活，我的生命。」

「那傢伙好好一個二當家不做，幹嘛去說書賣書呢？」

「我後來才知道，大當家年長二當家十八歲，他把這個弟弟當兒子在寵，隨便他要幹嘛就幹嘛！他看我說書好玩，就想取而代之。」

「山豬窟和望天坑的故事，我昨天才知道眞有這兩個村子。」粗小皮說。

「眞有這兩個村子。我有一次經過這兩個村子，剛好遇見他們的射箭大賽，就留下來看了。那天山豬窟派出來的是一個小姑娘，而望天坑派出來的，剛好是一個俊俏的小伙子，他們就那樣看著彼此，怎麼都不願意射出手上的箭。最後他們被村人從箭臺上拉下去，換上了兩個壯漢，但是，那箭依然連對方的臺子都到不了。於是我就寫下這個故事，沒想到竟然爲自己招來橫禍。」任八方將曲著的腿伸直，還敲了兩下大腿。

粗小皮有點相信眼前這個人是眞的任八方了。

「任先生在這洞穴裡住了多久啦？」這洞穴連身子都無法站直，肯定很辛苦。

「不知道啊！洞穴生活無歲月啊！」

「怎麼不回家去？」

「他們知道我家在哪兒，我不能回家，不能連累爹娘。我也不能進城，他們到處在找我，要把我抓回去。」任八方說：「幸好，天井山來了一個新的小廚子，他趁著送包子來的時候，遞給我一把小刀，讓我可以把門撬開。」

「小廚子是做包子的？」粗小皮突然心跳加快，他緊張了起來。

「是，我好像聽到有人叫他阿亮，他做的包子眞好吃。」是康亮，錯不了，是康亮。

「他看起來怎麼樣？」粗小皮繼續問著。

「臉上沒有表情，也不說話，看不出來是否愉快。」

粗小皮看著洞口的水瀑布，懸在胸口的那塊大石終於落下來了，不管康亮到底爲什麼到天井山當廚子，至少知道他現在就在天井山，而自己正要前往天井山。如果康亮是被拐騙的，無論如何他都會把康亮救出來。

「天井山到底是……」粗小皮話說到一半，一群猴子突然衝進洞穴躲雨，看見兩個人在裡頭，立即「吱吱吱」的叫著。有一隻可能是猴王，牠齜牙咧嘴的彎曲四肢豎直尾巴，將身子壓低，粗小皮知道那是猴子要展開攻擊的姿勢。粗小皮採取半跪姿，防備著。那隻壯碩的領頭的猴子果眞朝著粗小皮撲過去。粗小皮左手撐在地上，一個側身迅速抬起剛剛跪在地上的右腳，將那猴踢出洞穴，其他猴子看見此人惹不起，一溜煙的都逃出去了。

「小兄弟好身手啊！」任八方眞心讚嘆著說。

「你住在這兒的時候，猴子都沒來嗎？」

「來過一次，但是我對牠們俯首稱臣，我縮成一顆球樣，連眼睛也不看牠們，牠們覺得我沒有威脅，就放過我了。」

「這個洞穴實在不適合住人，人都無法站直。你眞的可以去修峰寺，走半天路就到了。」

任八方苦笑著：「如果我說我是因爲不敢走出去，你要笑我了。」

「任何人遭遇與你相同的事，也會害怕得不敢出門。」粗小皮說：「不然任先生就先待在這兒，回頭我再過來帶你回家去。如何？」

任八方握住粗小皮的手，激動的說著：「小兄弟，我這輩子欠你了，往後我每年給你送書去。小兄弟怎麼稱呼呢？」

粗小皮遲疑了一下，要告訴他自己來自牛頭村，叫粗小皮嗎？

「我叫米糠。」叫米糠或是小和尙修正，都比叫粗小皮來得省事。

「米糠小兄弟，你住在哪兒呢？我好給你送書呢。」

「任先生客氣了。我來自一個無名的小村子，回頭再告訴你吧！」

雨變小了，天也暗了，看來得和這任八方在洞穴裡待一晚了。

「我在這洞穴躲著，日日夜夜啊！看天，看樹，偶而聽見馬匹奔馳而過，你是第一個走進來的人，還好是個孩子。」

「我十四歲了，已經不是個孩子了。」粗小皮覺得自己已經是個補鞋師傅，不喜歡再被當成孩子。

洞穴裡雖然陰暗，但還算乾燥，粗小皮把地上的石子撥開，將就著睡上一晚吧！下過雨的冬夜，讓洞穴裡的兩個人冷得直打哆嗦！

「這麼冷，你怎麼能在這裡待這麼久？」粗小皮問。

「今天以前沒那麼冷。」

「別等我回來了，明天你去修峰寺吧！寒冬已經來了，這裡是不能住了。」

任八方沒吭聲。

洞穴外頭的風呼呼的吹著，雨唰啦唰啦的下著，青蛙嘓嘓嘓的叫著。

粗小皮翻了個身，地上的石子扎得他難受。

「《一箭之遙》最後那枝箭飛到哪兒了？」粗小皮突然問道。

「你還沒讀，就想知道結局？」任八方很驚訝。

「我會讀的，我讀得慢，有些句子我得想一想是什麼意思。我想知道後來怎麼了？」粗小皮說。

「後來那枝箭沒有解決任何事，射出去之後，打中了一隻山豬。」

「什麼？你讓那枝箭飛出去打中一隻山豬？」粗小皮簡直不敢相信自己聽到什麼。

「這結局不好嗎？聽起來你很不喜歡。」

「我只是……只是……很意外。」

「你知道，生活裡很多事就是這樣，箭就是會射中一隻山豬，那地方不就叫山豬窟嗎？」

「那山豬死了嗎？」

「帶著箭逃回森林裡了。」

「在森林裡，誰幫牠把箭拔下來？」

「你扯太遠了，就只是個故事。睡吧！」任八方說：「山豬後面還有故事。」

粗小皮忽然清醒了，滿腦子都是山豬。

第十六章　又醉了！

睡睡醒醒，翻來覆去的，終於也天亮了！

粗小皮彎著腰走到洞穴口。雨停了！天空灰灰的，沒放晴的跡象。

任八方側身貼著岩壁，探出半張臉，用一隻眼睛瞧著岩洞上方。

「從這裡走上去。」任八方指著右側小陡坡說：「上面有一棵野生柿子樹，我去摘些柿子，你吃過了再上路。我昨天把你的饅頭給吃了，今天還你一些柿子。」

粗小皮這才把任八方看了個清楚，一頭亂髮，蒼白的臉，凹陷的臉頰，清瘦得像個糟老頭子，但此人溫和有禮，完全一個書生模樣。他那身衣服久未替換，又髒又臭，鞋子還算完好，只是髒了點。

「任先生，我護送你到修峰寺吧。這裡除了猴子會進來，天氣也愈來愈冷，實在不能再住下去了。」粗小皮表情認真的說，他實在無法讓這個人再待在這個陰冷的洞穴裡。

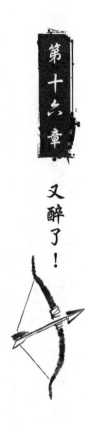

任八方眼眶又紅了：「小兄弟，我們非親非故，你爲何要爲一個陌生的人走回頭路……」

「不陌生哪，我們促膝長談了一整夜，是朋友了。」粗小皮說：「你在這兒等著，我去摘些柿子，這天冷，讓人餓得快。」

粗小皮走出洞穴，走上小陡坡，一眼便瞧見柿子樹，樹上的柿子所剩不多了，看來任八方和猴子吃掉了一樹的柿子。粗小皮爬上樹將成熟的柿子全摘下來。

兩人吃完柿子後便走出洞穴，下到路面，往修峰寺的方向走去。

才上路沒多久，遠方就傳來滾滾馬蹄聲，五匹馬飛快的從兩人身邊奔馳而過，將下過雨後地上的泥水濺起，噴得粗小皮和任八方滿頭滿臉全是泥巴。

馬上的騎士一個個朝粗小皮和任八方望去，往前奔馳了一小段路後，紛紛掉轉馬頭，回到兩人身旁。粗小皮和任八方正忙著擦拭臉上的泥巴。

「眞是對不住了，兩位，我們的馬將地上的泥巴濺得你們一身髒汙。我們這兒有點水讓你們洗把臉。」一個方臉的中年壯漢跳下馬，拿出一個皮囊水壺，將水倒在兩人手上，讓他們洗臉。

洗淨之後，從馬背下來的四個人盯著粗小皮，露出詭異的微笑。另一個人從馬匹後頭端著一個裝滿水的木盆子，走向粗小皮。

「兩位兄弟是要去哪兒呢?我們可以送一程。」方臉男子說。

「下山，去東大城。」粗小皮說：「謝了，我們慢慢走，樹林幽靜，風景還不錯。」

「前方有山豬出沒，我們送一程，比較安全。」

「沒關係，遇到山豬，我們可以爬上樹……」粗小皮話還沒說完，端著木盆的人來到粗小皮面前，將木盆裡的水潑向粗小皮。

完全沒防備的粗小皮被潑了一臉的水，他的眼睛、鼻子和嘴巴全都進了水，雙眼感覺針刺般的疼痛。他開始嗆咳，這才發現，噢！那不是水，是酒，還是特別辛辣的酒！

粗小皮就像中了獵人的箭的獵物，「趴」一聲醉倒在地上，最後看見的，是一雙黑色的棉布鞋！

粗小皮躺在床上，熟睡著，做著夢。

他夢見自己在老粗補鞋鋪補鞋，正用一根像手臂那麼長的針，縫著一雙孩童的小鞋，縫得很不順利。康亮走進店鋪，看了一眼他手上的長針，笑著說：「用這麼長的針縫鞋子，我也會。我縫給你看。」接著取走他手上的針，抽掉針孔上的縫線，換上一條粗的麻繩，將針穿過他左邊的袖子，然後笑嘻嘻的將麻繩繞過他的身體，一圈又一圈。粗小皮被綑綁得動彈不得：「別這樣，康亮。別玩了，放開我，放開我！」康亮依然不停手，一邊狂笑一邊說著：「你不是很厲害嗎？把線繃開呀！」這時麥甜走進鋪裡，他趕緊求救：「麥甜，快救我。麥甜，快阻止他……」麥甜似乎也拿康亮沒辦法：「他玩累了，就會停手了。」說著走到角落編草鞋去了。「麥甜，別這樣，快救我……」這時有個人走進鞋鋪，是菲兒！「菲兒姑娘，麻煩你幫我解開，菲兒姑娘……」

粗小皮睜開眼睛，他不確定自己是眞的醒過來，還是仍在夢中，他的身體眞的動彈不得。他扭動身體，這下完全清醒了，他眞的被綑綁得密密實實的。

他想起自己在山路上被人潑了酒，他不慎吃了幾口，很快便不省人事。自己到底昏睡了多久？這裡是天井山嗎？那個眞正的任八方也被抓來了嗎？

粗小皮雖然覺得全身無力，但還是吃力的坐起身，胸口和左手臂傳來一陣劇痛。他這才看見，床前有個滿臉鬍子又一頭亂髮的男人盯著他瞧。他被抓到強盜窩裡了？

粗小皮看見自己平常藏在左手腕以及右小腿上的木製針盒，這時被擺在桌上。針盒裡有長短不一的針，有粗也有細的。如果不是因爲昏迷被搜身，這針盒是很難被發現的。他還看見自己的背袋躺在地上，背袋裡的東西全都散落一地，他們在找什麼呢？

鬍子男見他醒了，走出房間，通知什麼人去了。

角落蜷曲著一團什麼東西？粗小皮定睛細看，那是任八方！

「任先生，任先生。」粗小皮叫喊著。

「我沒事，醒著。還活著。」任八方抬起頭來，他披頭散髮，鬍子也亂七八糟的黏在一塊兒。「你這幾天醉得很厲害，麥甜麥甜、菲兒菲兒的叫個不停，麥甜和菲兒是誰呀？」

粗小皮滿臉驚嚇！什麼？自己竟然叫出麥甜和菲兒的名字？天啊！

「我還說了什麼嗎？」粗小皮緊張的問。

「叫爹叫娘的。」任八方說。

粗小皮紅著一張臉，還好，現在不是在牛頭村，身邊沒有認識的人，否則眞的是太糗了！

「他們翻找我的背袋，找什麼呢？」

「他們說你的背袋裡有一種珍貴的藥材。」

珍貴的藥材？粗小皮想起來了，在苗天準家，兔子姑娘交給他獸皮的時候，有個人躲在屋裡。

沒多久，那鬍子男帶著一群人走進房間，其中四個人是林子裡遇見的人，那個方臉男子手裡端著一杯水走到粗小皮面前，將杯沿湊近粗小皮嘴邊。粗小皮把水喝光後，仔細的觀察這一群人，發現除了那方臉的，其他人的臉上、手上都有著類似的細長傷痕。忽然他認出其中一人，那個馬車車伕，原來馬車車伕也是一夥的。

粗小皮這下明白了，自己被抓來，是要算那筆救走小姑娘的帳！這一夥人眞是人口販子！

「小粗師傅，你知道我們為什麼把你請來嗎？」方臉男子說。

粗小皮扭動著身體說：「請？你們是這樣對待客人的？哼，把我抓來肯定不是讓我幫你們補鞋子。」粗小皮說完，還看了一眼那方臉人的鞋子，是一雙黑色的棉布鞋。

那是他昏倒前見到的最後一樣東西。

那人大笑起來：「如果小粗師傅願意幫我們補鞋子，我們還是非常感激的。我們有些人的鞋子的確需要補一補。」

「補鞋子沒問題，但是請先告訴我，這裡是哪裡？我在這兒昏迷了幾天？」

「這裡是哪裡一點都不重要。」方臉男子說。

「好吧，既然這樣，就別耽誤時間了，把我請過來爲了什麼事？」粗小皮問。

「你把我們的人送進了衙門大牢，我要你把他們還給我。」方臉男子說。

「他們在牢裡，我如何還給你？」這回粗小皮猜錯了，他原以爲他們要逼問的是那塊獸皮。

「我這人好說話，你得把他們救出來，這是你管閒事的後果，你得自己收拾。」方臉男裝出一副講義氣的模樣：「把人救出來，我不會爲難你。」

粗小皮滿臉不屑的說：「你們這麼多人怎麼不自己去救？偷拐搶騙別人家的孩子，本來就是要坐牢的。你們搶人家的姑娘做什麼呢？我只會補鞋子，救人我不會。」

那方臉男不耐煩的走向縮在角落的任八方，一把將他提起來，就像拉起一個布袋那樣走到粗小皮面前，放下。

可憐的任八方眞是多災多難啊！也許他待在山洞會好一點。

「天井山的人也在找他，在你把那三個人帶回來之前，我們會好好的照顧他。」

有人拿了一壺酒進房遞給方臉男。方臉男在粗小皮面前嘩啦嘩啦的晃著壺裡的半瓶酒，說：「你不答應也行，我們每天餵你喝酒，你就永遠醉著變成廢物吧！」方臉男笑了起來：「這江湖傳說果然是真的，要對付粗小皮，就讓他喝酒。」

這傳言從哪裡傳出去的呀？他第一次暈倒是在牛頭村，第二次在「隨便住住」客棧，肯定是在那裡。

你們才真是一群廢物！粗小皮心裡忿忿的咒罵著。他覺得自己的體力還沒完全恢復，此刻又餓得昏頭，掙脫不了身上的繩子，如果這時候又被灌酒，他肯定要醉死在這個莫名其妙的地方。看來只能讓任八方留在這裡當人質，他自己去東大城劫囚！

粗小皮感慨萬千，他離開牛頭村在外闖蕩的這些日子，每一天都受到很大的驚嚇，外頭世界的運作，和牛頭村截然不同啊！牛頭村是這麼的循規蹈矩，每個人都安安分分過自己的日子，買東西會付錢，別人幫你的忙會找機會幫回來，沒有人把心思放在如何奪取你兜裡的錢上。他多麼想念牛頭村那個小山城啊！就算江湖人在那裡拚鬥，想要讓自己的名字刻在英雄鐵柱上，也都遵循江湖規矩，衙門也有自己的運作。但是這東大城到底是什麼鬼地方呀！城裡的規矩就是，誰的力氣大，誰的武功好，誰的臉皮厚，就可以讓事情按照自己想要的方式進行，然後得到自己想要的東西。

東大城如果多幾個簡植和武傑這般武藝高強又正直的大捕頭，這個城一定會更好。

方臉男吩咐下去，給粗小皮和任八方準備了肉湯以及飯菜。任八方虛弱的靠在牆角，但還能自己進食，慢慢喝著肉湯。粗小皮則由廚房做飯的大嬸一口一口的餵著。

「我又不是三歲娃，鬆開我的手，我可以自己吃。」粗小皮說著，但沒人理他。他也明白，大家都怕他長力氣了，到時難對付。

趁著那些人交談的時候，餵飯大嬸小聲的對粗小皮說：「你就幫魯老爺把他兒子救出來吧。他們試過了，他們臉上的傷就是被獄官弄傷的。」

任八方用哀怨的眼神看了一眼粗小皮，隨即又低下頭去。

原來那天被扭送衙門的三個人中，那個年輕的方臉男就是這個中年方臉男的兒子，父子倆長得還眞像。別的姑娘就抓來賣，自己的兒子就是個寶，根本就是壞蛋中的壞蛋。粗小皮決定走一步算一步，再找機會把任八方救出來。

「我答應你去劫囚，你先替我鬆綁，我的手如果廢了，別說人了，一隻貓我也救不了。」粗小皮覺得自己的手臂麻到就快要廢了。

「上了馬車，到了東大城，就會幫你解開繩子。」方臉男語氣冷酷的說。

有人拿了條黑布把粗小皮的雙眼蒙起來，然後抬上馬車，馬車顛顛簸簸的跑了好長一段路才終於停下來。粗小皮臉上的黑布被取下來，他微張著眼，見方臉男和另一名長臉男子也坐在馬車上。

「東大城有三座監牢，此處這個監牢叫做『三省監獄』，是看管最嚴密的一座監牢。裡頭有個獄官，個性死硬，再多錢也買通不了，沒見過這麼不愛錢的人。」長臉男子忿忿的說著，說完還摸了摸臉上的傷。

「他不是不愛錢，他愛乾淨又正當的錢，自己掙的錢花起來最痛快。」粗小皮用不屑的口吻說著：「你用那不義之財買湯喝，是否喝到血腥的味道？」

方臉男站起身狠狠的打了粗小皮一巴掌，打得粗小皮頭昏眼花。方臉男惡狠狠的威脅著說：「我只是要提醒你，做好我要你做的事。你再說這些不中聽的話，我打得你耳朵都聾了，你明白嗎？」

粗小皮甩甩頭，想甩去那暈。這個人是個心狠手辣的傢伙，別再惹他了，耳朵聾了可不好玩。

「那獄官的功夫相當了得，小心他的武器，我們上次就是遇見他，結果全栽在他的手裡。」方臉男一邊說一邊替粗小皮鬆綁。

粗小皮甩了甩手，動了動手指頭，揉了揉肩膀。

「如果我也栽在他手裡，你會放了任八方嗎？」粗小皮問。

「如果你也栽在他手裡，我留著那個沒用的書生幹嘛呢！」

方臉男拿出一個包袱，解開，裡頭是一套獄卒制服：「換上，否則你進不了監獄大門。如果有人問你，你就說是新來的，今天報到，代老胡的班。」

「老胡是誰？」粗小皮問。

「老胡現在在我們手上。他這幾天請假。」方臉男說：「我們已經讓老胡打點好了。你是他的親戚，叫胡大雄。」

「這個老胡是你們的人？」粗小皮又問。

「你不需要知道。」方臉男說。

「我要救的人叫什麼名字？」粗小皮問。

「你見過他。」方臉男說。

「我早忘了。你不說，到時候我救錯人，別怪我。」

方臉男遲疑了一下，才說：「他叫魯大勝。」接著他拿出粗小皮的針盒，還多給了一個木製圓筒，裡頭收著一大把的針：「怕你的針不夠用，特別給你準備的。」

粗小皮在馬車裡換上了獄卒制服，把針盒綁在手腕以及腳踝上方的位置，接著把自己那套衣服收折得妥妥當當：「幫我收著，回頭我得換回來。」

方臉男大略解說了監獄內部的狀況，像是膳房、獄官辦公的地方，和魯大勝三人的牢房位置。天黑之後，獄卒會換班，粗小皮得在那個時間點下馬車，趁機矇混進去。

粗小皮心裡掙扎得很，他把小和尚修正藏在內心最深處，今天他得用粗小皮的身分去做壞事了，希望老粗師傅和修執師父可以體諒他的身不由己。

第十七章　神秘牢房

終於，換班時間到了，有三個人從監獄大門走出來，另兩個人也朝著大門走去。粗小皮跳下馬車，小跑步追上那兩人。其中一人轉頭看著粗小皮，皺起眉頭說：「老胡怎麼找個孩子來代班啊？」

「我不是小孩子，我只是臉比較小，我已經十八歲了。」粗小皮說。

來到門口，粗小皮在進門前被守衛給擋了下來：「你，從哪裡來的？」

「老胡是我叔叔，他病了，我代他兩天。我是胡大雄。」粗小皮說。

「會點功夫嗎？」守衛問。

「會，要不要試試？」粗小皮說。

守衛用極快的速度伸出右手抓住粗小皮右肩膀，打算用手肘攻擊粗小皮的臉。粗小皮放軟身子，膝蓋微蹲，閃過了，接著立馬轉身將守衛的手扭到後背，守衛動彈不得後，粗小皮才鬆手。

「不錯嘛！夠俐落。」守衛拍了拍粗小皮的手臂說：「手腳張開成大字形，照例得搜身。」

粗小皮心頭一緊，搜身？那身上的針肯定會壞事。他緩緩的打開手腳，幸好守衛只碰觸他的手臂和腰身、大腿和小腿，輕易放過了手腕和腳踝。粗小皮鬆了一大口氣。

粗小皮負責的工作是整理環境，還有送餐，將飯菜從膳房取出，逐一端到地下層的牢房。飯後收回餐盤，清洗，然後輪班守衛。一樓是廚房和獄卒們的膳房，膳房旁是待命室與休息室；中間是個大堂，擺著幾張椅子，讓探監的人可以坐著等候。大堂右側就是獄官辦公的地方，沒門也沒牆，如此才能對屋內的任何動靜一目了然。再過去是一間兵器室。

這監牢連後門都沒有，雖有幾個小窗，只能勉強塞進一顆小腦袋。要把犯人帶走，要經過廚房、膳房、大堂，還有獄官辦公室，除非武功了得，或者把所有人都迷暈了，否則休想劫走任何人。

粗小皮用托盤端著六碗飯菜走下石梯，地牢是狹長的，中間一條長長的通道，兩側是一間間用粗鐵條搭建的牢房，鐵條的縫隙只夠伸入一隻手臂，房門旁邊有一個兩個手掌寬的小洞，那是送飯的小窗口。每間牢房的房門都圈著一條鐵鍊，掛著一個大鎖。空氣中瀰漫著潮濕又窒悶的難聞的氣味。通道底部靠牆的位置，有個人坐在那裡，翹著腿看著粗小皮。那人的頭頂位置應該是兵器室。

粗小皮第二趟端著托盤下來，那人依然坐在那兒，他就是不受賄賂的獄官嗎？粗小皮把第一碗飯放在左邊第七間牢房的小窗口時，他看見魯大勝那幾個傢伙了，三個人關押在同一間牢房。

「我怎麼覺得你有點面熟呢？」魯大勝將一張臉貼在鐵條上，仔細的看著粗小皮。

「面熟？那肯定是你在大街上搶了我的東西。」粗小皮說。

粗小皮把所有的飯都送完，坐在通道底牆邊的人終於站起來走向粗小皮。粗小皮看著走向他的獄官，兩人靠得很近，兩人都默不作聲，但是眼神流露出來的驚嚇，幾乎一模一樣。

兩人就這麼一動也不動的盯著對方的眼睛，想從眼神裡讀出對方接下來……想，怎，樣！

牢房裡所有的人犯都嗅到不尋常的氣味，坐著吃飯的捧著飯碗站了起來，躺著的爬了起來；靠著牆的也站直身子走近通道，抓著鐵條瞧著。不一會兒功夫，所有的人犯全湊到通道前看著，臉上顯露出激動的神情，彷彿在說：也許獄官和新來的獄卒是仇人相見！要開打了是吧！快打吧，不見天日的日子，就要悶死了！來場新鮮的好戲吧！

那獄官輕輕的點一下頭，再將眼睛往天花板瞄了一下，那頭點的好像沒點一樣，但是粗小皮看到了，也意會了。獄官將劍抽出劍鞘，朝粗小皮揮去，粗小皮拿起托盤抵擋那揮來的劍，一時間，陰暗的地牢響起刀劍砍在木質托盤上，以及兩人快速移動腳步的聲音。兩人打得難分難解，眼看粗小皮就要被劍刺中了，卻又及時閃開。粗小皮手上的托盤被鋒利的劍削成了一塊長條木塊，牢房裡的每一個人都看得目瞪口呆！

最後，粗小皮手上的木塊被削去一半，他扔下木塊，轉身往樓梯上跑，獄官也立馬追了上去。

犯人們仰頭聽著樓上一陣混亂的腳步聲響，直到聲音平息下來，才開始議論起來。

逮到了，無聲無息。

這兩人仇可深了，每一劍都往死裡刺啊！

那個新來的獄卒看起來是個孩子，但是，功夫了得啊！

是獄官功夫了得，他把那托盤都削成木棍啦！

那新來的肯定做了什麼事把獄官給惹毛了。

就算被惹毛了也不用拔劍吧！革職不就好了！

大家都說「三省監獄」插翅難飛，從來沒有一個人犯逃得出去，你瞧，只是個新來的獄卒，功夫都這麼好！

那小子身手不錯，那獄官的劍連獄卒的一根毛都沒刮下來。

大約兩炷香的時間，粗小皮就被兩名獄卒架著，拖進地牢，扔進右側最後面靠牆的牢房。

「唉喲，你做了什麼事也被關進來了？」牢房裡的犯人們好奇的叫了起來。

「假冒獄卒。」粗小皮無奈的說。

「你好好日子不過，假冒獄卒幹啥呢？」牢房裡的人八卦的探頭問著。

「你不也是好好日子不過，搶劫還是偷人家東西？」粗小皮不屑的看著每一個人：「這裡面有哪一個人是好好過日子的？別盯著我看。」粗小皮覺得特別的火大，走出牛頭村才知道外頭的世界非常的不單純，自己千萬要謹慎並時刻提醒自己，別像這一群人一樣，把日子過得烏煙瘴氣。

「這小子火氣很大呢！」對面牢房那人縮回角落坐著，別惹這新來的，剛剛見識過他的身手了。

「我還是覺得你很面熟，我一定在哪兒見過你。」魯大勝的牢房在斜對面，他繼續盯著粗小皮看著。

「那你說說，你爲啥事被關進來？你說，我也許可以幫助你想起來。」粗小皮扯著喉嚨吼著。連他也對自己的暴躁感到不可思議，會不會在東大城待久了，就會變成另一個人？

魯大勝瞪著粗小皮，恨不得掰開鐵條衝過去，揍粗小皮一個拳頭。

「不敢說是吧？肯定就是齷齪又卑鄙的勾當。」粗小皮故意尖酸刻薄的說著。

「你這個臭小鬼，在外頭見到我，你有多遠就逃多遠，別說我沒警告你。」魯大勝氣憤的吼著，吼完就又盯著粗小皮看了又看：「我肯定見過你。在哪兒呢？」

粗小皮懶得理他，走到最裡邊的地方，躺下休息。

晚餐之後，獄卒送水來了，他給每個人一碗水，並且盯著每一個人把水喝完。喝過水的人犯，一個個躺下睡了。

夜深了，地牢裡只亮著一盞微弱的油燈，所有的人都在草席上裹著棉被睡了，鼾聲此起彼落。

過了好一會兒，粗小皮起身，走到房門口，從腰間拿出鑰匙，輕輕的轉開鎖頭，再輕手輕腳的拉開鐵鍊，盡量不弄出聲響。粗小皮走出牢房，觀察了一下，確定大家都睡了，這才走向魯大勝三人的牢房，拿出鑰匙開鎖。他走進牢房，將三個熟睡的人拉到一旁，翻開角落的草席，在地上摸索了一番，才摸到一個把手。他用力將把手往上提，出現一個足夠一人進出的洞口。他將三個人拖到洞口邊，雙腳朝下扔下去。最後，他自己也從洞口鑽下去。

這四個人在監牢裡消失後，有個人影走下來，走進魯大勝三人住過的牢房。那人將孔蓋放回去，再把草席和被子重新鋪好，這才慢悠悠的走出牢房，坐在靠牆的那張椅子上，聽著此起彼落的鼾聲……

第十八章 圈套

牢房下方是一個半個人高的坑洞，寬度剛好可以躺三個人，一條地道從坑洞延伸出去，一盞點亮的油燈就擱在地道中央。

三省監獄在這間牢房下方挖了一個地下坑道，除了今天晚上這樣的任務之外，肯定還有別的「特殊任務」在執行。總之，粗小皮不認爲自己是第一個從監獄地道裡爬出去的人。

粗小皮嘴裡咬著油燈提把，艱難的一邊匍匐前進，一邊把人拖出長長的地道，來回三趟，把自己弄成一個髒兮兮的泥人。出口是一棟矮房子的床底下，粗小皮鑽出坑道，把床推開。房子很小，一張木板床，沒被子，沒枕頭，角落擺著一張桌子，上頭擱著一個煮水陶壺和四個杯子，還有一張椅子，就這麼多。沒有人在這兒住過的痕跡，房子卻維護得很乾淨。

粗小皮還剩最後一件事要做，他不能讓這三個人在這屋子裡醒過來，他把他們拖出去，半躺在屋簷下，然後重新把門鎖好。

粗小皮用力的搖晃他們，希望他們快點醒來，得在天亮前上馬車。

個子最瘦小的傢伙先醒過來：「唉喲，我全身疼死，頭也疼。」那人張開眼睛，一時半刻還弄不清楚自己身在何處。

「嘿，我們怎麼在這裡啊？」魯大勝睜著惺忪的眼，捶著有點痛的腦袋：「我們睡死啦？怎麼變成一個泥人了？」

「你爹讓我來救你們的。」粗小皮說。

「你是誰呀？」魯大勝問。

粗小皮的一張臉全是泥巴，誰也沒認出他來。

「快點站起來，你爹的馬車在監獄外頭等著。」粗小皮用腳踢著他們。

魯大勝吃力的站起來，揉著被拖行導致擦傷的手臂說：「你偷偷揍了我們一頓，把我們都揍暈了是吧？全身疼死了。」

粗小皮見他們拖拖拉拉的，火氣都來了：「你們還想不想離開這裡？還是要讓巡邏的官兵把你們抓回去？」

三個人吃力的起身，搖搖晃晃的跟著粗小皮走著。

夜裡的東大城，寂靜又詭異，美麗又危險，路邊躺著無家的人，縮著身子哪裡都是床，偶而從巷子鑽出個人，鬼頭鬼腦的四處走動。

四個人來到監獄附近，接應他們的那輛馬車移動了位置，離監獄大門更遠一些。四個人爲了避開監獄大門，只好鑽進巷子，在巷道間穿梭了一會兒，終於來到馬車前，上了馬車。

方臉男見魯大勝三人順利上車很是高興，欣慰的點了幾次頭，要馬伕立即啓程。

馬兒清脆的蹄聲和車輪滾動的聲音在寂靜的夜裡響著。

粗小皮脫下衣服，抹去臉上的泥巴，換上自己的衣服後，眼睛又給蒙上了。他非常專注的聽著外頭的聲音，而在遠處，他似乎聽到了另一匹馬的馬蹄聲……

突然，一記重拳擊打在粗小皮的右臉頰。

「臭小子，我終於想起你是誰了！你把我們弄進監牢，別以爲把我們救出來，我就會放過你。我要修理你，你把我的腳給弄傷了，我也要把你的手給折斷。」魯大勝忿忿的說。

接著粗小皮感覺到一股涼風從左臉處襲來，他用手肘頂過去，將那人揮過來的拳頭撞斷了一根指頭，痛得他哇哇大叫，用不痛的手拚命搥打粗小皮。

馬車再次停了下來，粗小皮被推下馬車。

「你怎麼放他走了？他會去報官的。」魯大勝在馬車裡大叫著：「讓我痛揍他一頓！」

「他活不過天亮的，森林裡的熊會把他給吃了。」方臉男的聲音說。

馬車重新啓動，很快便消失在夜色裡。

粗小皮掙扎著起身，扯下蒙著眼睛的黑布，摸著摔疼了的手臂。月光把他的影子拉得又細又長。粗小皮沒等多久，就等來三匹馬。兩匹馬往前繼續奔跑，停下的那匹馬上頭坐著一個身形挺拔的男子，他伸出手把粗小皮拉上馬，在夜色中疾馳而去。

「要剿賊窟，怎麼才來了三個人？」粗小皮問。

「別擔心，我們留了記號，後頭跟上的人馬會嚇死你。」

粗小皮和一群官兵躲在林子裡，在暗處看著不遠處那幾棟房子的動靜。官兵把這個賊窟層層包圍著，等候適當時機出擊。

天微微亮了，公雞啼了又啼，把森林喚醒了，也把木屋裡的人給喚醒了。有人走出來餵雞、餵豬；廚房的炊煙也從屋頂的煙囪冒了出來。

粗小皮終於把這個賊窟給看清楚了，三棟木造房屋藏匿在樹林裡，木屋周圍還種了菜，養了雞和豬，看起來就像一戶已經在此定居多年、一切自給自足的尋常人家。在這麼幽靜的地方，從事見不得人的勾當，把那些可憐的姑娘和孩子藏在這兒，再伺機賣掉，如果不是這次誤打誤撞，還眞不曉得何年何月才能逮到這群作惡多端的惡人。

那獄官走向粗小皮，遞給他兩顆包子。粗小皮接過包子，吃了一口。

「這些人躲藏在深山裡，交易的時候又神出鬼沒，官府就是破不了案，這次多虧你幫忙。」那獄官說：「他們上次來劫囚，還沒進到監獄裡就被擊退了，不確定他們要劫走誰。但我懷疑，他們是想劫走魯大勝那三人。所以，我才把他們關進第七間牢房，以防萬一。哈哈，沒想到，你就來了。」

「是老天爺幫的忙，我本來就是要去劫囚的。沒想到獄官竟然是你，莫子離。」但粗小皮還是不明白：「那個地下坑洞……」話還沒說完，粗小皮一夜未闔眼了，忍不住打了一個超大呵欠。

「那是我挖的。」莫子離臉上露出得意的神色：「今天能夠逮到魯高那幫人，那坑洞和地道居大功啊！」

「所以那坑洞和地道，只有你自己知道？」

「只有幾個人知道我有辦法把人弄出去而不被人發現。官府和地方上某些人總會有一些事需要彼此幫忙，而衙門無法徇私的時候，就只能在我這兒……嗯，動點手腳，就是這樣，大都是上級交辦。但除了我自己，現在多了你，沒人知道我是怎麼辦到的。」

「利用職務撈點錢，這些當官的都這麼幹是吧！」粗小皮愈來愈明白了。

「別把我算進去，我可不那麼幹。」莫子離義正詞嚴的說。

「你管囚犯，能撈到什麼錢啊？」粗小皮不明白：「牢房裡的那些傢伙能給你什麼好處呢？」

莫子離看著他，嘴角帶著微笑，什麼也不說。

「那棟小房子……」

「那是我買下來的房子。」莫子離笑得很開心。

「囚犯們睡前喝的水裡，放了什麼？」

「放了讓他們睡死了卻不會眞的死去的東西。噓……」莫子離指著那三棟木屋說：「天亮了，他們準備開門餵孩子吃東西了。」

三個人端著托盤從廚房出來，上面放著裝著飯菜的大碗，他們陸續走進第三間房。有個孩子衝出來，第三個人伸出右腳把小孩拐倒，然後用腳踩住小孩的手。在豬舍忙著的人立即過去，把小孩抱進屋裡。

「走吧，咱們去把這一窩偷人家小孩的惡賊一網打盡吧！」莫子離走出樹叢，朝躲藏在四周的捕快們做出行動的手勢，幾十個人開始逐步往木屋移動，將木屋層層包圍。

「官兵來了！官兵來了！」站在眺望臺上的人看見官兵走出樹林，驚慌的大叫。

屋裡的人聽到屋外的人叫喊，紛紛握著刀劍衝出來，待看見前院都是官兵，寡不敵眾，只能逃，才能保住生機。他們往後院跑，卻被守在後院的官兵逼回前院，既不肯伏地就範，只好放手一搏，兩方人馬在庭院打了起來。

「魯高，終於逮到你了。」莫子離朝方臉男子喊著，聲音嘹亮、自信。

魯高是魯家莊的頭兒，上次劫囚時，兩人在監獄大門口對了幾招，莫子離早就摸清楚魯高的底了，魯高的功夫雖然普通，但是眼神銳利，出手凶狠，不知情的人肯定會被嚇到。莫子離不想纏鬥太久，只想戲耍一下這個賊頭。他擋開魯高的劍後，一個往前跨步，將劊子劍刺向魯高後腦勺綁成一球的頭髮，切開了髮繩，一頭亂髮瞬間被莫子離劍上的劊子眼兒纏上，扯得魯高皺起了眉頭。爲了擺脫糾纏，魯高果斷的揮劍割斷自己的頭髮。

莫子離露出狡猾的微笑說：「新髮型比較適合你。」

魯高冷酷得不發一語，彷彿他剛剛從頭上拿掉的不是頭髮，而是一撮樹葉。

魯高不是莫子離的對手，硬撐著對招，很快便敗下陣來，手上的劍被莫子離擊打掉落地上。三名捕快立即趨前，將魯高壓制在地上，雙手反綁在背後。

進來更多的官兵，把孩子們帶出去。

孩子感到委屈，哭得更大聲了！

魯高一干人等全都被制伏了。

「眞的囂張夠久了，魯高，好日子結束了。」莫子離說。

「我們全都中計了，我們全都上當了。」魯高懊惱的說著：「來不及了，一切都來不及了！」

粗小皮走向魯高，問道：「任八方人在哪兒？」

「被人劫走了。」

「誰劫走了？」粗小皮驚訝的問。

「眞是笑話，你認爲那人會告訴我，他把人藏在哪兒嗎？」魯高滿臉不屑的說。

是天井山派人來劫走的嗎？他們怎麼知道任八方在這兒？是跟蹤他還是跟蹤任八方來的？希望那可憐的書生經受過這些折騰還能活著。

莫子離讓孩子們都坐上馬車，官兵則押解一干人犯，一路走回東大城。

「這裡有路到天井山嗎？」粗小皮問莫子離。

「你先跟我們走一段路，路上有個岔路口，走那條路也能到。」莫子離看著粗小皮說：「你會騎馬嗎？騎馬，半天就到了。」

「不會。」粗小皮靦腆的說，彷彿不會騎馬是件丟臉的事。

「你立了大功，我的坐騎送你，牠是一匹溫馴的馬，但你得先學會如何駕馭這匹馬，咱們就在這兒練習。」

莫子離牽來兩匹馬，他把那匹栗色的馬讓給粗小皮，另一匹馬栓在樹上。莫子離幫著粗小皮上馬，自己也跳上馬，坐在粗小皮身後。

「你們先走，我們隨後追上。」莫子離對著其他官兵大聲下令。

一大群人馬緩緩的押著一干人犯走進森林，有人騎馬，有人近距離看守，不讓人犯有任何機會逃走。

粗小皮坐在馬上，馬兒不安的蹬著腿，粗小皮面露驚恐，擔心馬兒狂奔起來。

莫子離讓粗小皮抓住轠繩，自己示範如何駕馭這匹馬：「馬嘴裡套的這東西叫馬嚼子，是控制馬兒往左、往右、停下、往前的重要工具，當你拉右邊轠繩，馬兒就知道要往右邊走，拉左邊，就往左邊走，一起拉，馬兒就會停下來。好，如果要告訴馬兒，走，就用你的腳輕輕的碰觸馬的肚子，牠就知道要走了。通常馬兒要吃草的時候，得取下馬嚼子。但這匹馬呀，特別貪吃，就算戴著馬嚼子，也會猛地停下吃草。你稍微留意一下，習慣了就好。」

莫子離讓粗小皮練習了好一會兒，自己才躍下這匹馬，拉來另一匹馬，上馬，帶著粗小皮在前院練習。

「暫時別讓牠狂奔，速度慢慢加快。」莫子離提醒著：「走吧！我們可以追上他們。走，輕輕踢牠的肚子，叫一聲：『駕！』」

「駕！」粗小皮叫了一聲，馬兒輕快的奔跑起來，粗小皮高興極了。

莫子離讓粗小皮走在前頭，他在後面看顧著。粗小皮坐在馬上，心裡有種說不出來的激動，他多想告訴康亮和麥甜，騎在馬上顛著的感覺原來是這麼的痛快。

粗小皮和莫子離騎著馬，一下就追上押送人犯的隊伍，很快便來到岔路口。

「這條路一直走，天黑前就能到達客棧，從客棧再走半天就到天井山了。」莫子離指著小徑說。

「莫大人，謝謝你的馬。」粗小皮說。

「能讓小粗師傅騎我的馬，是我的榮幸。」

「莫大人既然是官府的人，你就不能到天井山把荀家人救出來嗎？」

「如果我是東大城的大捕頭，當然可以上山搜查，但是我只是個管理監獄的獄官。我現在可以調動人馬剿了這賊窩，是因為有犯人逃了。苗天準死在牛頭村，荀老大夫的案子已經結了。荀家人一家失蹤，沒有人來報案，所以這是江湖事。」

「如果我去報案……」

「你是荀家什麼人？」

「我是……不相干的人。」

「關於天井山……我們所知有限，縣老爺去查訪過，沒發現什麼可疑的地方。」莫子離露出詭異的笑容說：「小粗師傅，請你保重。咱們後會有期了。」

莫子離輕碰馬兒的肚腹，奔馳而去。

粗小皮掉轉馬頭，馬兒踏著輕快的步子朝林中小徑奔去。

第十九章 長柄小鐵鍋

粗小皮騎著馬走在沒有人煙的山徑上，山徑兩旁的雜草幾乎要將小徑的路跡淹沒。馬兒輕快的走著，粗小皮心情愉快的欣賞四周一片綠意，誰想到馬兒突然停下，把粗小皮從馬背上甩飛出去，摔在馬兒前方的草地上。

怎麼回事？

粗小皮爬起身，趕緊找回掉落的韁繩，卻見馬兒一派悠閒的低頭吃草，這兒的草翠綠肥美，怪不得馬兒禁不住誘惑，吃得津津有味。粗小皮苦笑起來，自己和馬兒的感情還沒建立，他只是馬兒背上駝著的貨物。

「下次要吃草，先打個招呼好吧？再這樣摔幾次，我骨頭也會散的。」粗小皮一邊上馬一邊對馬兒說：「別吃了！咱們還要趕路呢！」

一路上，馬兒好幾次猛地低頭吃草，幾次驚嚇後，粗小皮終於了解那條韁繩的作用了。如果你速度慢，又放任馬兒隨時吃草，馬背上的人就失去主控權，馬兒就完全把你當成背上的貨物了。

「走吧！咱們趕路了。」粗小皮甩了兩下韁繩後，再朝馬兒的肚子踢了一下，大叫一聲：「駕！」馬兒就奔跑起來。

這條路相當的僻靜，一路上沒有住家，連路人都沒瞧見一個。

走下一個連續彎路的陡降坡後，眼前出現一個大峽谷，峽谷兩側是深灰色的岩壁，一條溪流沿著峽谷底部蜿蜒而過。有幾個人在對岸的一片雜草叢裡尋找著什麼，還有三匹馬繫在不遠處的一棵樹上。終於見到人了，去問個路吧！

粗小皮有些激動的騎著馬朝他們奔去，馬兒很明顯的不喜歡溪邊大大小小的石塊，走得不順利的時候，牠發脾氣了，前腳高高抬起，忿忿的嘶鳴一聲，將粗小皮從馬背上甩出去，跌落在溪谷上。

粗小皮痛得唉叫了幾聲。

對岸的一個年輕人見狀，想涉溪過去幫忙，另外三名壯漢攔阻不讓他過去。年輕人生氣的怒吼著：「身為大夫，你們要讓我見死不救嗎？你們沒看見他只是個孩子，看一下傷勢又會怎麼樣呢？如果那是你們的孩子，你們也希望他在荒郊野嶺摔下馬的時候，沒有人幫他嗎？」

三個壯漢面面相覷一番後，只好陪著他涉水過溪，來到粗小皮身旁。

「小兄弟，你別害怕，我是大夫，讓我看看你哪裡傷著了？」

粗小皮躺著，覺得頭有點暈，眼前這個年輕人臉色蒼白，幾天沒刮的鬍子讓他看起來有點憔悴，但是他有一張善良的臉，那雙讓人信任的眼眸正看著自己。那大夫檢查了他的雙手雙腳，口氣溫和的問著：「手腳動一動，能動嗎？」

粗小皮動動手腳，能動。

「背疼，頭也疼，唉呀，全身都疼了。」粗小皮摸了一下右邊額頭，流血了。

那大夫扶著粗小皮坐起來，檢查他的背部：「你算是緩慢從馬背上滑落，而不是重摔，背部雖然撞瘀了，看起來沒有傷到筋骨。你的頭磕破了，傷口不大，能治。」那大夫從隨身的布背袋裡取出一塊布，沾了溪水，將血漬擦拭乾淨，再拿出一罐藥粉，灑在傷口上。他抽出粗小皮繫在腰間的頭巾，將傷口綁起來。

「你站起來看看還有哪裡不舒服？」年輕大夫扶著粗小皮站起身，那三名大漢立即趨前戒備著。這個不尋常的舉動，讓粗小皮感覺不對勁，年輕大夫被三個壯漢監看著，這大夫會是荀大夫嗎？

粗小皮全身活動了一下，除了背部還有點不適，腿部輕微疼痛之外，不礙事了。

「沒事了，謝謝小荀大夫。」粗小皮試探性的說。

「荀大夫」三個字剛剛脫口，三名大漢立即上前將那大夫拉走，用身體擋住。個子最矮的漢子問著：「你怎麼知道他是荀大夫？」

「聽說天井山有個荀大夫，這裡離天井山應該不遠吧，那當然就是小荀大夫呀！」粗小皮隨口說著。他現在可以確定，年輕男子就是荀大夫，但他手上沒有任何武器，徒手擋不了三把劍哪！腳下踩著的石頭也許可以用一下。

「小兄弟的傷勢看起來不礙事了。你打算去哪兒呢?天就要黑了。」矮漢希望眼前這孩子能聽懂暗示。

「我打算帶走小荀大夫，以報答他的救命之恩。」粗小皮說。

「你剛剛從馬上摔下來，身上都是傷，你有多少勝算呢?小兄弟。」身材壯碩的男子雙手交握在胸前，根本不把眼前這個毛頭小子看在眼裡。

「小兄弟，你快走吧!你不是他們的對手。」小荀大夫揮手要粗小皮快走。

「我們一起走。」粗小皮跨開一個大步，壓低身子，一邊撿起拳頭大的石頭一邊朝那三人扔過去，扔的速度極快，但是三個人閃的速度也極快。那三人開始移位，讓粗小皮看得到前方卻顧不到背後。很快的，粗小疲就疲累不堪，他昨晚一整晚沒睡，剛剛又從馬上摔下來，手痛，背也痛，扔石頭讓背部更痛了。他將握在手中的石頭扔在地上，喘著大氣認輸了。

三個人連劍都沒有拔出來。

身材壯碩的男子說:「走吧，該去哪兒就快去哪兒，我們一點都不想成爲只會欺負孩子的大人。」

三個人護著小荀大夫，往三匹馬的方向走去。

「接著。」小荀大夫朝粗小皮拋過去一小罐藥粉:「你頭上的傷口又流血了，回去再上一次藥。」

粗小皮握著藥粉罐，對小荀大夫的背影說著：「我一定會去天井山救你們出來的，你等我。」

四個人騎著三匹馬離開了峽谷。

粗小皮爬上馬背，也離開了峽谷。

荒野客棧前已經停了五匹馬，荒山野嶺之中，竟然有這麼多住客。粗小皮把馬兒綁在客棧前的木樁上，剛剛取下馬兒的馬嚼子，客棧裡跑出一個年輕伙計，立馬接手照料馬匹的工作。

「這位客官，看你傷成這樣，是不是摔下山谷又爬上來呀？」伙計關心的問著。

「從馬背上摔下來的。」粗小皮苦笑著說，拍拍馬兒：「馬大哥，你辛苦了，好好吃飯休息吧！謝謝你了。」說完才走進客棧。

兩盞昏暗的油燈，燈芯搖曳舞動，讓客棧大堂晃動著一種詭異的氣氛。

大堂裡有兩桌客人在吃飯，一桌是一對男女，那男子紅著一張臉，很難不讓人多看兩眼。另一桌是二男一女。屋裡瀰漫著食物的香氣，粗小皮立刻覺得餓了，找了張最靠近大門的位子坐下。伙計過來點餐，粗小皮先要了一間房間，接著點了一碗麵，和三個包子。

伙計端著一壺酒還是一壺水，遠遠的朝粗小皮方向走來，粗小皮立即警覺的站起身，他絕對不給任何人有朝他潑酒的機會。

「來壺甜酒如何？」伙計來到粗小皮身旁問。

「不用了，不喝酒。」粗小皮說完，自顧自的笑了起來，這酒啊，千萬喝不得。

等待的時候，他清楚的聽到另外兩桌用餐的客人在交談。

這天井山是做啥生意的？這幾天好多馬上山，馬背上都捆著貨物。

肯定不是蘿蔔醬菜。

誰家沒有自己醃的蘿蔔醬菜，那山路連個馬車都難行。

跑到山頂上做生意，肯定都有鬼。

噓噓噓，小聲點兒，別這麼說。

說說也不行，那更有鬼了。

聽說官府都查過了，啥也沒發現。

聽說，連送貨的人也不曉得送的是什麼。

就沒人好奇打開來看？

你想丟飯碗或是想惹麻煩，就打開來看。

我覺得山豬窟和望天坑的年度射箭擂臺賽比較好看。你留在天井山，我去山豬窟。

那我們還是去山豬窟好了。聽說，這次天井山會派人去參加。

那是肯定的，齊家兄弟就是在山豬窟出生長大的。聽說這次有人想把這件事澈底解決。

那真可惜，射箭擂臺賽持續了那麼幾十年，就像過節一樣，如果現在解決了，那日子還有什麼可期待的？

這些話讓粗小皮又想起了任八方，明天上天井山，應該可以看到他吧，也許連康亮都能見上一面。粗小皮朝那兩桌客人望了一眼，正好看見那紅臉男子伸長了腿，用腳尖試圖勾取粗小皮放在桌腳邊的背袋。

「想幹嘛呢？」粗小皮將背袋拉得更靠近自己一點。粗小皮懷疑這幾個人藉著交談分散他的注意力，以便下手偷他的背袋。

「想借你的背袋看一下。」紅臉男子將整個身體面向粗小皮，露出挑釁的眼神。

「如果我不肯借呢？」粗小皮肚子很餓，他輕輕的嘆了口氣，這頓晚餐還能不能吃到呢？

「不借？那就別怪我們無禮了。」紅臉男站起身，另外四個人也起身，用腿推開椅子，拿起了劍。

粗小皮也站了起來，雖然一身的疲累和疼痛，他還是強打起精神，得先解決眼前的問題。自己赤手空拳，怎麼擋得住這五把利劍？粗小皮抬起剛剛坐著的長凳子，先擋一下吧！

三個人立即揮劍刺向粗小皮，另外兩人伺機取走背袋。粗小皮一邊用長凳子抵擋刺過來的劍，一邊守著背袋，忙得不可開交。這凳子實在礙事，又長又重又不靈活，瞥眼看見客棧伙計手上拿著一把長柄小鐵鍋，正站在廚房門口觀戰。粗小皮靈機一動，彈跳到桌上，用腳輕輕點了一下桌面，再一個翻身來到伙計面前說：「小哥，借用一下，等會兒就還你。」

伙計看起來面色緊張，但似乎也不是第一次見到刀光劍影的場面，他將小鐵鍋遞給粗小皮。粗小皮抓起鐵鍋，躍上桌子再一個輕巧的蹬腳，回到戰鬥現場。

粗小皮這下子得心應手起來，長柄鐵鍋好使多了，很快就將這五個人的劍打落地上。面對那兩個女子時，他猶豫了，將鍋子打在姑娘握劍的手指關節上似乎有失禮節，但是不這麼做，他就吃不到麵了，他實在又累又餓。兩個女子的手被狠砸了一下，痛得縮手、甩手。江湖不好混哪！

「現在可以告訴我，爲何想偷我的背袋了吧？」粗小皮問。

「有傳聞說，你的背袋裡有『貫通散』的藥方子。」紅臉男用左手撿起地上的劍。

粗小皮想起那個躲藏在苗天準家裡的傢伙。

「我的背袋已經被魯家莊搜過了，如果有你們想要的東西，早被他們的頭兒魯高拿走了。你們應該找魯高要去，不過，他那賊窩已經被衙門給拆了。」粗小皮說。

「你說了我們就信啊？」其中一個圓臉姑娘凶巴巴的說，一邊說還一邊揉捏著右手手指。

「我欠你們的呀？不信？再戰一回？」粗小皮揮舞著長柄鐵鍋說著。

五個人互看一眼，只好收拾自己的東西，悻悻然的走出客棧。他們得夜宿森林了。

粗小皮幫忙客棧伙計收拾混亂的大堂，一邊收拾一邊對伙計說抱歉，最後把長柄鐵鍋還給了伙計：「伙計大哥，小鐵鍋滿好用的呢。」

「要不，你教我兩招，用這鍋擋劍。」伙計拿著鍋在身上比劃來比劃去。

「我什麼也教不了你呀！就像剛剛那樣練習，也許有一天你也可以聽劍音、辨方位。」粗小皮說。但是他知道，這伙計不相信他，覺得他小氣。

伙計轉身進入廚房，嘴裡碎碎唸著什麼。

掌櫃的從後院走出來，看見粗小皮正在修一張凳子，那凳子的腳斷了。他來到粗小皮身邊，感慨的說著：「小兄弟呀，你眞是個好人啊！我們這家客棧就在天井山山腳下，就是個沾惹是非的地方啊，久不久就會來一場像今天這樣的廝殺大戲，把我們的桌子踩爛，把碗盤給砸了，有一次還把我們的屋頂給掀了，然後他們就拍拍屁股走了。你說，這一屋子損失，我找誰要去？我可以告官要他們賠償，但是那折磨人哪！我得騎兩天的馬到東大城衙門，再騎回來，再騎去東大城，再騎回來，再騎去東大城，再騎回來……馬還沒累死，我就先氣死了。所以呀，咬牙認賠，換個寧靜，你是頭一個留下來善後的人。」

「掌櫃的，和氣生財嘛！你心胸寬大，財會再來的。」粗小皮安慰的說。

「嘿，還眞有咧！有一天，有個人騎著馬趕路，不知趕了多久，那匹馬就摔死在客棧前，那人也摔死了。眞倒楣呀！荒山野嶺的，怎麼辦呢？只好埋了那人和那馬，馬背上的貨物，你猜是什麼？」

「我怎麼猜得到呢？」粗小皮笑了。

「猜猜猜，猜一個。」掌櫃的覺得這很好玩。

「醬菜？」

「醬菜？哈哈哈。」掌櫃的拍著大腿狂笑起來，笑完壓低聲音說：「說出來，嚇死你。是官銀。」

「官銀？」

「那人可不是官差，帶著這麼多官銀，肯定有鬼。」

「那官銀呢？有人來找嗎？」

「沒。沒人敢來。那人死了，也沒人來找。官銀也沒人敢動，我把它和那人的隨身包袱裝在桶子裡，埋在後院。如果有人來找兒子或爹爹，再挖出來讓他們認認。」

「你這客棧，還眞是多事哪！」粗小皮說：「沒想過收了這客棧？」

「收了，你讓那些去山豬窟和望天坑的人，去哪裡過夜？摸黑走路被熊吃了、被山豬撞死了，這算誰的呀？」

粗小皮點了點頭，這掌櫃的眞有意思，走在山路上被山豬撞死了，怎麼看都是自己的事，但這掌櫃的卻認爲是他的事。粗小皮喜歡這掌櫃的，他低頭看了一下掌櫃的鞋，鞋底和鞋面是牛皮做的，是雙耐穿耐磨的好鞋。

伙計端來粗小皮點的麵和三顆包子。

「這荒山野嶺，還好有你們這間客棧，我眞餓啊！」粗小皮稀里呼嚕的吃著麵。麵裡有些肉絲，粗小皮猶豫了一下，還是決定把麵吃了，現在的自己是粗小皮，而不是小和尚修正。

第二十章　兄弟江湖相見

粗小皮吃過飯，進入自己的房間，鎖上房門，頭一沾枕就沉沉睡去。

他夢見自己和康亮在懸崖頂街的石子路上奔跑，跑著跑著，不知爲何突然跑進森林裡。那頭山豬，飆哥，突然竄出來，追著他們跑。粗小皮突然轉身，雙腳在樹幹上踩蹬幾下，再一個翻身便騎坐在飆哥身上，抓著飆哥的耳朵在森林小徑上狂飆，康亮在他身後喊著：「粗小皮，快下來！」

粗小皮驚醒，坐起身，好一會兒才驚覺這不是夢，他聽見康亮在說話，康亮的聲音眞眞實實的從樓下傳上來。他趕緊下床走出房間，站在二樓樓梯口，樓下的兩個人聽到樓梯上的聲響，同時抬起頭來看著粗小皮。

眞的是康亮！

康亮頭上綁著深藍色的頭巾，穿著暗紅色的短衫，繫著暗紅色的腰帶。康亮長高了，也長壯了。

康亮和粗小皮都露出非常吃驚的表情。

粗小皮走下樓，才發現已經天亮了。

康亮見到粗小皮，立即迎上前去，關心的問著：「粗小皮，你被追殺了嗎？怎麼傷成這樣？」

粗小皮眞心感到高興，康亮還是他的兄弟。

「昨天在峽谷，從馬背上摔下來。」

「你學會騎馬了？」康亮臉上閃過一絲落寞：「你什麼事都走在我前頭。」

「你看到了，騎術不佳。」粗小皮傻笑著說：「你們剛到嗎？康亮，眞高興在這裡遇見你。」

「昨晚到的。等會兒就要走了。」康亮說。

「老粗師傅好嗎？上次在東大城遇見老徐，他說老粗師傅膝蓋疼，他膝蓋還疼嗎？」粗小皮忙不迭的問：「麥甜她好嗎？」

「那是因爲小浩子偷懶，老粗師傅要打他，小浩子跑得飛快，老粗師傅追出幾步就摔了一跤，摔傷了膝蓋，然後就每天隱隱的疼。」

「麥甜呢？她好不好？」粗小皮又問了一次。

「粗小皮，我們終於在江湖相見了。」康亮激動的說：「牛頭村外面的江湖，比明鏡湖大得多了。」

粗小皮想起這些日子的經歷，他實在不知如何答話，如果康亮也經歷他所經歷過的種種，他還會眷戀這江湖嗎？

坐在康亮身旁的那個人身材高大，臉很長，眉毛也很長，他安靜的帶著淺淺的微笑看著兩人的互動。

「你要去哪兒呢？康亮。」粗小皮問。

「去大京城。」康亮的眼睛閃著興奮的光芒：「走出牛頭村才知道外面的風景這麼壯闊，是吧？」

「外面的世界再美，都比不上咱們牛頭村。」

「你不再綁頭巾了，是吧？」

「暫時不綁而已，回牛頭村的時候自然會再綁上。」

「你要去哪兒呢？外頭那匹馬是你的嗎？」

「是，是我的，我會騎著牠去天井山。」

「你去天井山幹嘛呢？」

粗小皮遲疑了一下，說：「去給幾個人做鞋子。」

康亮驚訝極了：「他們給你下訂，所以你千里迢迢去給他們做鞋？」

「不全然是做鞋，還有別的事。」粗小皮希望趕緊離開這個話題，他看了看康亮身旁的那男子，問道：「怎麼不介紹你的新朋友給我認識一下？」

「他是我師父買笑天。我們都在江湖裡。」只要說到江湖，康亮就激動不已。

「小粗師傅，久仰大名，在下買笑天，請多多指教。」買笑天起身拱手致意，一屁股坐下後，用手肘碰了碰康亮的手肘。

「所以，你終於學會武功了？」

「會一點兒。」康亮並不想多談自己到底學會什麼功夫。「粗小皮，聽說你身上有『貫通散』的其中一味藥方，可以讓我瞧瞧嗎？」康亮看著粗小皮，他非常篤定眼前的這個朋友不會拒絕他。但是，下一秒，粗小皮遲疑的神情讓他再一次受到傷害。

你是爲了尋找「貫通散」才離開牛頭村的嗎？粗小皮心裡很掙扎。他明白，如果他告訴康亮，兩人也許可以恢復以前那親如兄弟般的感情，但是他不能這麼做，他不能用紫嚕嚕獸的生命作爲交換，就算會把康亮推得更遠，他都不能這麼做！

粗小皮痛苦極了！

「我沒有那東西。康亮，你可以檢查我的背袋，我也可以脫下衣服讓你檢查，我沒有那東西……」

康亮打斷粗小皮的說話：「兄弟，你不用這樣，我怎麼會去檢查你的背袋呢？雖然江湖上大家都這麼說，但是你說了我就信了。」

康亮冷冷的話語，讓粗小皮痛苦萬分。

「今天老友相見，不提那什麼鬼散了。」買笑天對康亮說：「要不要跟你的好兄弟切磋切磋，你已經不是牛頭村那個只會做包子的康亮了。」

康亮拿起放在椅子上的劍，眼睛始終看著粗小皮。

「我不想和你切磋武功。」粗小皮搖搖頭說。

「你認爲我贏不了你？」

「我不這麼認爲。」

「你壓根兒就認爲我贏不了你。」

康亮離開牛頭村跟著賈笑天才多久，就已經學會使劍了？

「康亮，我從天井山離開後，就回牛頭村了。你等我兩天，我們一起回去，康叔和大嬸一定很……」

康亮不想聽，他打斷粗小皮的說話：「我有自己的路要走。」

「江湖的路，不如你想像的好走。江湖，很無趣……」

「我們對江湖的看法，從來沒有相同過。」康亮站起身，拔劍，將劍尖指向粗小皮的眉心。那是一把鐵鑄的全新的劍，鋒利，閃著晶亮的光芒。粗小皮心很痛，他沒想過康亮會將劍尖對著自己的眉心！

「兄弟，我們不切磋，只請你陪我練一下劍。」

「我沒有劍，沒有任何武器，不知怎麼陪你練劍。」粗小皮看著康亮的雙眼，悲傷的說。

康亮把握劍的手放了下來：「連把劍都沒有，怎麼在江湖上走？」

「我無意混跡江湖，所以不需要劍。」粗小皮問著：「你有自己的劍了，走在江湖

裡了，找到你要的東西了嗎？」

「你可以先用我的劍。」賈笑天把自己的劍拋給粗小皮。粗小皮接住劍，但立即拋回給賈笑天。

「劍是用來解決問題的。但是我和康亮之間並沒有需要用劍解決的問題。」

康亮冷冷的看著粗小皮，說：「其實有，只是你不願想起罷了。」

因為苗天準強灌他吃下「貫通散」，身體有了巨大的變化。他的身體莫名其妙的靈敏起來，他可以感受風的推擠，一把劍從他背後刺過來，他可以聽見那細微的「咻咻」聲；還有，當空氣被刀劍或是拳頭切割及推擠之後，形成的很輕的彷彿鼻子噴氣的短而急促的「風」，他都可以感覺到，並且在第一時間閃躲。閃躲之後，很輕易的就能發現對手暴露出來的弱點。

他很難和康亮解釋發生在他身上的這些改變。衙門廣場上的武勁大賽，為了保護紫嚕嚕獸，他的身體湧現一股「氣」，藉著激動的情緒讓他輕易的踢飛所有靠近紫嚕嚕獸的人。康亮不諒解，認為他刻意隱瞞。

這個誤解，不需要用劍來解決。

康亮把劍收起來，他無法逼迫一個沒有武器的人和他練劍。他了解面前的這個粗小皮，就算你把劍刺進他的身體裡，他也不會還手。

「你保重了，粗小皮。你傷成這樣，和你比武，贏了也沒什麼意思。」康亮面無表情的背上他的背袋，頭也不回的走出了客棧。買笑天走到門口，還轉過身朝粗小皮點頭致意。

看著康亮的背影，他還有好多話要說、要問……

沒關係，康亮看起來還不錯，也許眞的跟買笑天學了點功夫。只是，那個買笑天，究竟是什麼樣的人？他安靜得讓人摸不透。

第二十一章　荀家人

粗小皮追出客棧，卻已經不見康亮和賈笑天的身影，他們是朝東大城的方向走去，還是天井山呢？康亮說他要去大京城，那應該是往東大城的方向。

就在這時，粗小皮似乎聽見了馬蹄聲，還有鄧遠在唸書的聲音。他豎直耳朵專注的聽著：

> 一日，有個獵人背著弓箭路過這兩個村，見塊石板寫著「鮮味麵館」，畫了個箭頭指向山豬窟。他朝麵館走去，有人跳出來攔住此人去路：「大俠，我們望天坑有更好吃的湯拌麵，保證讓你吃得心滿意足。」鮮味麵館的伙計瞧見了，也衝出來搶客。

的確是鄧遠的聲音！鄧大叔不會讓他一個人出門，鄧大叔和菲兒肯定也來了。

粗小皮看見三個人從山徑上騎著兩匹馬過來。是秀才、菲兒和鄧遠。

三人來到荒野客棧前，下馬，將馬繩繫在木樁上。

「你們怎麼來了？要去哪兒呢？看射箭擂臺賽嗎？」粗小皮帶著驚訝的語調問著。

他看見菲兒，內心一陣高興。

「我們要陪你上天井山。」秀才說：「誰把你打成這樣？」

「我從馬背上摔下來。」粗小皮訕訕的說：「你們要陪我上天井山？我一個人可以去的。」

「相信我，你會需要我們的。」秀才說。

「你們剛才有遇到一個高大個兒、臉很長的男子，帶著一個少年嗎？」

「沒，一路上只有幾匹去東大城的馬。」秀才說。

「你剛剛說的那兩個人，是什麼人呢？」菲兒好奇的問。

「我家鄉來的朋友。」

「那大概往天井山去了。」秀才說。

粗小皮心沉了一下，康亮再也不願意對自己說實話了，他並沒有去大京城。

「米糠，鄧叔要我謝謝你教鄧遠編草鞋。」荀菲提高音量說著。

「沒稻草了，沒稻草了。」鄧遠重複說著。

「他把那一大落的稻草都拿去編成草鞋了。鞋子多到只好拿去賣了。」菲兒笑著說：「鄧叔發了一筆小財。」

「哈哈，你可以開一間鞋鋪了。最好別開在我家隔壁，否則客人都被你搶光了。」

粗小皮覺得鄧遠眞有意思。

「鄧叔還眞的考慮在路邊擺攤，賣鄧遠編的草鞋。」荀菲說：「這樣一來，以後他就可以掙錢養活自己了。」

「如果天井山眞如你們所說是個危險的地方，也許讓鄧遠留在家裡比較好吧？」粗小皮擔心萬一鄧遠失控亂跑，會招來危險。

「我們也這麼想，但是，他就在我們身後又跑又叫又喊的。他明知追不上馬，還是那麼固執的追跑著，如果我們沒有停下來，他會一直跑……只好帶上他了。」秀才無奈的說。

兩方人馬一人一隻胳臂拉扯著這個過路人，差點沒把這人的胳臂給扯下來。這人火了，他怒吼一聲，樹上群鳥嚇得全拍翅飛離枝頭，正下山去農家地裡吃莊稼的野豬們也嚇得轉頭狂奔回林子。此人甩手轉身，就把一群人全都甩飛到地上。

四個人一齊走進客棧，點了幾籠包子當早餐吃著。

菲兒立即察看粗小皮額頭上的傷，她解開頭巾，用清水清洗傷口。

粗小皮拿出小藥罐：「我在溪邊從馬上摔下來，正好遇見小荀大夫……」

「你遇見荀良？」菲兒和秀才異口同聲的說。

「小荀大夫叫荀良嗎？是，他檢查了我的身體，給我上藥。」

菲兒接過小藥罐，輕聲的說：「是荀家的藥罐。」她不再說話，替粗小皮重新灑上藥粉。

粗小皮將在峽谷溪邊遇見小荀大夫的事說了一遍。

「你傷得不輕啊！休息兩日再上山吧！」秀才說。

「睡了一覺，好多了。」粗小皮說。

鄧遠安靜的吃著包子。

「你知不知道天井山靠什麼維生？」秀才嚥下一口包子後問。

「他們不可能在山裡種菜吧？」粗小皮這才感到什麼把握都沒有，他竟然對天井山一無所知。會把荀家人綁架到山裡，肯定不是什麼好的營生。

秀才忽然降低了音量：「我這樣說好了，天井山是一頭獅子，每天都有人餵牠，吃得飽飽的獅子，你不去攻擊牠、挑釁牠，牠是不會撲向你撕咬你的。我去過天井山，表面上看起來就是一座莊園，賣一些東西，什麼東西呢？大家都不清楚，也不敢問。看見他們燒木材、冒黑煙，報官府去查，他們說在燒陶呢。我們這樣的老百姓是沒辦法和他們打交道的。」

粗小皮還是不明白，在天井山上蓋一座大莊園，不知賣啥東西給誰？

「天井山所以叫天井山，它還真有一口井，這一口井裝的可不是水，而是別的東西。」秀才把聲音壓得更低了。

粗小皮想起掌櫃的告訴他的事。莫非，井裡裝的是銀子，而且還是官銀？秀才見鄧遠已經吃飽了，便對他說：「鄧遠，到外面看看馬兒有沒有乖乖吃草？水夠不夠？」

鄧遠聽話的起身走出客棧大堂。

「天井山的大當家叫齊鑫，很久以前在朝廷當過武官，專門訓練軍隊箭術，這人箭術了得，劍法也厲害。他後來離開朝廷，買下了天井山。因爲待過朝廷，在官場建立了很好的人脈。」

秀才和粗小皮的交談，因爲掌櫃的和兩名伙計走出來而中斷。

「這個齊鑫啊，名字裡有三個金，哈哈，眞是的，還眞的弄來了一個金礦……」秀才搖起頭來，然後大嘆一口氣。

粗小皮這下糊塗了，那口井裝的到底是官銀還是金礦？

「爲了守住這金礦事業，他們千方百計要壯大自己，養了一支可怕的弓箭隊，已經沒人敢靠近天井山了。但是這個齊鑫覺得還不夠，他要更強，要天下無敵。」

「秀才先生，你怎麼會知道這麼多？」粗小皮好奇的問。

「本來這一切都不關我的事，人生不過是一日三餐，夜裡一張床，在山裡我過的可是閒雲野鶴的日子。」秀才眼眶紅了：「事情就從荀大夫意外死亡開始。現在他們竟然還抓走了荀夫人和她兒子，要他們調配出『貫通散』。」

菲兒一直安靜的聽著，兩隻手一直握著小藥罐。

「荀大夫會死，都是我的錯！」秀才露出痛苦的表情說：「我和荀大夫合作很多年了，我們是生意上的伙伴，也是生活裡的摯友，只要他開口要什麼藥材，我一定踏遍千山、涉過萬水爲他找藥。三年前，我從塔伊鎭前往第五尖山，在深山裡走了三天，在一個溪谷邊看見一隻獸躺在那裡，看起來已經死了，身上的血肉已經被蟲子或其他動物吃光了，只剩下空空的硬殼在那裡。我不說獸皮而說殼，因爲它實在太硬了，動物們吃不下。牠的背部明顯有一大塊殼被切割帶走了。我切下一小塊，用石頭磨成粉，聞起來竟然有一種香氣，我便也切割了一塊，然後挖了一個坑，把這隻獸剩下的部分給埋葬了。」秀才喝了口水後，繼續說著：「下山之後，我把那硬殼般的獸皮交給荀大夫。」

粗小皮非常震驚！自己的身體裡竟然也有紫嚕嚕獸的一部分。

菲兒忽然開口了：「我們荀家有一種遺傳性的疾病，從我爺爺就有了。就是體虛，但也不影響生活。」她看著接連露出驚訝表情的粗小皮，點頭說：「我就是荀大夫的女兒，荀良是我哥哥。」

粗小皮好像隱隱猜到了，也終於明白菲兒眼神中的淡淡哀傷從何而來了。

「我爺爺那時就開始研究健身藥物，一直到我爹，都希望能調配出改變體質的藥方。經過多年的努力，我爹眞的成功了，這是兩代人的研究心血。而最關鍵的藥方，竟然就是秀才叔給我爹帶去的一塊獸皮。」荀菲說完，看了粗小皮一眼。

「啊，我明白了，我不想那獸皮拿去製成鞋子，你不想那獸皮拿去入藥，埋了它是對的。」粗小皮恍然大悟的說。

秀才輕輕的吐了一口氣說：「我們從來不告訴任何人關於獸皮的事。」

「苗天準是怎麼知道貫通散有這麼大功效的？」粗小皮好奇了。

「唉，就只是一個『巧』字。」秀才又喝了一口水，滿臉無奈的說：「讓菲兒來說吧！」

「我爹完成貫通散的隔天，他先讓家裡的小黑吃了一份，結果小黑從一隻小狗竟像變成一頭猛獅，牠的爆發力把大家嚇壞了。牠像貓一樣一蹦就上了屋頂，撞到水缸，水缸就破了，我們居然誰也抓不到牠。剛巧，苗天準路過這一區時肚子疼，一早來抓藥，看那癲狂的狗兒到處亂竄也幫忙抓，就連他也抓不住。後來小黑奔出家門，就再也沒回來。」荀菲停頓一下，繼續說：「苗天準就問我爹：『你餵這狗吃了什麼東西啊？』我爹半點防人的心思都沒有，就說是一種神奇的健身藥粉。苗天準又問，可以賣他一份嗎？我爹說是實驗品，也是非賣品。當天晚上，苗天準就偷偷進屋來，從我爹手中搶走了貫通散，還將他……有人報官，衙門的人來了。沒多久，天井山的人也來了。」

「一直有聽說衙門的縣官和天井山的大當家有私交，這次也算是間接證實了。沒有衙門的通風報信，這消息能傳得這麼快？」秀才說。

客棧裡一片靜寂。

粗小皮想起任八方寫的《黃金三百兩》，影射縣老爺半買半搶老百姓的地。老百姓有力氣為自己討公道嗎？只能靠任八方這樣的書生將它寫成故事，嘲諷一下罷了。

「荀家人給老荀大夫辦後事，我來給老荀大夫送行，多待了一天。就那一天，天井山的齊鑫來了。我知道憑我一個人的力量是阻擋不了的，便趁亂帶走了荀菲。他們把整個藥鋪搜了個遍，最後在荀良身上搜到一份貫通散，更綁走了荀良和荀夫人。」秀才岔岔的說：「他們後來也到處尋找菲兒，幸好我把她藏得很好。鄧光是我從小一起長大的好兄弟，他們就是與世無爭的農家，菲兒暫時住在那兒讓他們照顧，我很放心。」

秀才說完，走出去看看鄧遠，見他坐在地上用堆在馬棚邊的稻草編草鞋，這才放心的回到大廳坐下。

「這江湖的風啊，吹得很快。就像小粗師傅才剛剛離開牛頭村，雷爾鎮的人就都知道了。」秀才說。

粗小皮若有所悟：「所以，秀才先生並不是剛好出現在苗家，而是一路跟著我的。你們知道米糠不是我的本名。菲兒姑娘也不是剛好路過客棧見我有難而救了我。」

「我們知道你是牛頭村的粗小皮。」荀菲說。

「那天清晨我收留了苗天準，給他送吃的，給他送酒。他知道自己快死了，才把那份珍貴的貫通散強迫我吃下。他打算自己吃的，他一心想要成為天下第一，覺得吃下兩份一定能更強，沒想到被野獸打落山谷，受了重傷。」粗小皮感慨的說。

「單憑我和菲兒的力量，恐怕難以救出荀夫人，因爲齊鑫吃了貫通散。還有，齊鑫的箭術比起他的劍術強多了。」秀才做出拉弓和拔劍的動作，以示區隔。

「他現在吃了貫通散，應該是天下無敵了吧！」粗小皮說。

秀才搖搖頭說：「他也不是沒有弱點，聽說他的弱點就是他的弟弟。他弟弟叫齊勵，小齊鑫十八歲，他們的母親生齊勵的時候死了，隔年父親也死了，齊鑫便把這個弟弟像兒子一般的養大，寵著他。這個齊勵倒沒幾個人見過，聽說他不愛家裡事業，在外面野遊去了。如果能逮到齊勵，肯定能換回荀夫人。」

「這個辦法或許行得通。還有小荀大夫也得換回來。」粗小皮說。

秀才又搖了搖頭：「都難啊！面對齊鑫難，要抓齊勵更難。除了齊鑫，我們還有更艱難的要面對。聽說天井山齊家莊連一隻老鼠也進不去，因爲他們養了一支弓箭隊，在屋頂一字排開，沒有人進得去，進得去也出不來。」

「那我們要怎麼做才能救出荀夫人？」粗小皮爲自己捏把冷汗，他完全沒搞清楚狀況，若貿然前去，可能被亂箭射死。

「你們兩個聯手，就有可能。」秀才說：「菲兒在事情發生之前，連一隻貓都打不贏呢。可如今，我再也不是她的對手了。菲兒也難得，這半年勤於練功，把自己變強大了，現在可以展開營救行動了。」

「萬一，齊鑫和他的兄弟齊勵都吃了貫通散，我們不是什麼機會都沒有了嗎？」粗小皮不無擔心的說。

「不會的。我爹一共將貫通散分裝成五小罐，」荀菲說：「天井山從我哥哥荀良那裡搶走一份，苗天準搶走兩份，我這兒藏著兩份。」

「菲兒起先抗拒服用，我說，你要報仇，要救回你娘、你哥，你得吃。百般勸說下，她才吃下一份。」秀才說。

「那還有一份呢？怎不讓秀才先生服用？」粗小皮問。

荀菲和秀才兩人都不說話了。

誰吃了最後一份貫通散？粗小皮不明白了，難道這麼重要的東西竟然再一次落入外人之手？

「你們兩個練一下劍吧！培養一下默契。至於那些弓箭手，我們只能看著辦了。如果可以動之以情，讓他們放了荀家人，這是最好的結果。」秀才說。

「我沒有劍。我可以用鐵鍋。」粗小皮走到廚房，跟伙計要回那把長柄小鐵鍋：「這把鍋子賣給我可好？我要上天井山，山上那些人個個是神箭手，這鍋用來擋擋箭，應該還行。」

「這得問問掌櫃的，我只是個伙計。」

「拿去用，送你了。」掌櫃的在粗小皮身後扯著嗓門說：「小東西，這鍋我們多得很，要不要換把大的？」說完衝進廚房，拿出一把可以將三個人的臉遮住的大鍋子，得意的說：「這把可以擋更多的箭。」

「不用了，不用了，這把剛剛好合用。謝謝你了。」粗小皮眞心感謝。

粗小皮和荀菲在客棧前的空地練起劍來，秀才很快便加入他們，他用的不是那把生滿鐵鏽的劍，而是客棧伙計用來取草料餵養馬匹的草叉子。

「請不用手下留情，把我當成眞正的對手。」秀才叫著。

秀才出招非常的凶狠，完全沒有顧忌這兩個孩子一個十五歲，一個才十四歲。荀菲和粗小皮聯手，一個守、另一個攻，有時看似兩人都在守，但下一秒又極有默契的同時連續攻擊，逼得秀才得後退再翻身，才能躲過這連番的攻擊。

「就是要這樣，就是要這樣。」秀才一邊抵擋一邊激動得大叫。

最後，秀才的草叉子被粗小皮的鐵鍋敲飛了，飛得老遠才落下插進土裡。

秀才走過去拿回叉子。

「你們兩個如果可以一直聯手，天下難有敵手啊！」秀才看著遠方，臉上仍有些許擔憂：「那些飛來的箭，咱們再想辦法，隨機應變。」

粗小皮和荀菲繼續練著。

「你這鐵鍋使得滿好的。」荀菲微笑著說，因爲練劍，讓她的臉紅通通的。粗小皮看著荀菲，感覺自己的臉也紅通通的。

「我可以用這鐵鍋炒辣醬土豆請你嚐嚐。我的老粗師傅最愛吃了，任何東西加上辣醬來炒，他都愛死了。」粗小皮說。說完他才發現，自己好想念那辣得嗆鼻的滋味。

「我眞沒口福，我不吃辣，丁點辣都不吃。」荀菲收起了劍，朝樹林走去。她抹抹汗，站在一棵樹下，仰著頭看著樹上的小黃花。

夜裡，粗小皮只睡了一會兒，便起身點上油燈，縫起了鞋子。

粗小皮目測過菲兒鞋子的尺寸，他的心情特別的寧靜，好久沒有縫鞋子了，多麼懷念將針線穿過棉布及牛皮的感覺啊！縫著縫著，牛頭村的一切全都浮上心頭。老粗師傅和麥甜都好嗎？沒有了武勁大賽，牛頭村應該變回寧靜的小山村了，衙門新上任的大捕快武傑要悶慌了吧？康大叔和康亮他娘過得好嗎？他就快要回牛頭村了，他會告訴他們，他遇見康亮了，康亮看起來很好，學了些武功，要去大京城發展。

康亮爲何不願意提起麥甜？麥甜發生了什麼事嗎？

粗小皮想起和康亮的一些對話，覺得自己眞的失去康亮這個兄弟了。他離開前說的那些話，比雪還要冰冷！

第二十二章　天井山

從荒野客棧往天井山的路一路都是上坡，粗小皮一行人騎著三匹馬，在林間小徑上奔馳。他們在太陽爬到頭頂上方的時候，來到天井山大門口。

一座灰色的石頭城，森嚴聳立在天井山山頭。石頭砌成的高牆，兩扇厚實的木板門，讓路過的人無法窺見門裡樣貌。

四個人跳下馬，把馬拴在牆邊的木柱上。

「匡！匡！匡！」上空響起了三聲鑼鼓聲。鑼聲餘音未歇，天上猛地降下了箭雨，射下來的箭把四個人圈了起來。鄧遠嚇得抱住秀才，喃喃說著：「箭來了，箭來了！」大門旁搭了兩座瞭望臺，每個瞭望臺上站著五名弓箭手，十枝箭重新上弦，箭鏃對著他們。

沒多久，兩扇厚實的大木門緩緩的開啓，一群人站在大門後方等候著。

粗小皮被眼前的大陣仗嚇到了。

「鄧遠，你爬到樹上躲著，唸書給我們聽。如果有箭飛來，就數箭，看有多少枝。很多箭亂飛，很危險，會死掉，不可以下來，明白嗎？」荀菲表情嚴肅的囑咐鄧遠，要他在樹上待著。

鄧遠拔起插在地上的箭，跑向路旁的一棵大樹，一邊跑一邊說：「數箭，箭亂飛，不要下來。一二三四五六……」

看到鄧遠穩當的坐在樹杈上，粗小皮三人這才往大門走了幾步。粗小皮一眼就看見那日在峽谷溪邊監看荀良的那三個壯漢。

「小兄弟，你果然來了，說到做到啊。頭上的傷好多了吧！」三人中身材最壯碩的那人對粗小皮說。

「好多了，多虧小荀大夫義氣相救。」粗小皮眞心感謝。

「我們今天來接荀夫人和小荀大夫回家。」秀才轉頭四處尋覓：「他們人呢？他們離家很久了，應該想家了。」

這時一個人影從瞭望臺上翻身下來，俐落又穩重的在大門前站定。那人身材挺拔結實，大冷天也只穿一件單薄的秋衫。陽光照在他長著雜亂鬍子的臉上，他半瞇著眼，一臉傲氣的看著粗小皮三人。

「荀夫人和小荀大夫是我們天井山的客人，時間到了，我會親自送他們回家。」那人說完，將目光掃過粗小皮、荀菲和秀才，最後將視線停在荀菲臉上。

粗小皮看著眼前這個人，他想起來了，在東大城的縣衙，他和縣老爺一起陪著任八方，不，是陪著齊勵走出縣衙大門。他就是齊勵的兄長齊鑫。

「今天，我齊鑫開了大門迎接你們，就是要解決這件事，讓你們以後別再對我們齊家莊探頭探腦。」齊鑫說話的聲音洪亮、篤定。他再一次看向荀菲，問著：「這位姑娘是……」

「她是我收的徒兒。」秀才看著齊鑫，將話題轉回來：「看來我們有共識了。齊莊主，今天讓我們帶人走，以後我們再也不會對齊家莊探頭探腦。」

「荀家人是我們家的貴賓，我不會讓任何人把他們帶走。」

齊鑫側過身閃避陽光，粗小皮看得更清楚了，那濃眉大眼和齊勵的眼睛還眞像。

「現在立刻就下山，我不會爲難你們。」齊鑫面無表情的說：「你們抬頭看看。」

秀才、荀菲和粗小皮同時抬頭望向兩側的瞭望臺，上頭站滿了弓箭手，連後方屋頂也有，箭都在弦上。粗小皮下意識的把插在腰間的小鐵鍋取出來，緊緊握著，他眞的感到害怕了，沒把握能擋下每一枝箭。

「你們要嘛轉身騎馬下山，不然就留下來當箭靶。」齊鑫用恫嚇的語氣說著。

「你們為何如此無禮的對待一個過路人？」

兩村村民七嘴八舌的說明緣由，希望此人能解決兩村糾結多年的紛爭。

那人取下背在身上的弓箭說：「要解決這個問題，只有一個方法。」

鄧遠爽朗的讀書聲從樹上傳來。

「齊莊主，你也曾是朝廷武官哪，請你別用對付敵軍的弓箭對付這兩個孩子。勝之不武，將招世人嘲笑啊！」秀才試圖說理。

齊鑫臉色一沉，拉起長衣襬塞進腰間，說：「好，不用弓箭，也能將你們扔出天井山。」齊鑫手一擺，一名手下立刻遞上他的劍。

秀才也拔出他的劍，一把紅褐色的劍，鐵鏽密密麻麻的附著在劍上。

「你眞是個懶惰的男人哪！『除鏽洗劍』劍法，我今天要領教領教了。」齊鑫又一伸手，有人遞上一條白色的網狀紗布，他將紗布綁在雙眼上。

「有備而來啊！無妨，這劍上的鏽再細的縫也能鑽。」

秀才揮劍朝齊鑫攻去，齊鑫拔劍迎戰，現場刀光劍影，鐵鏽飛揚。秀才俐落的閉眼、扭腰、轉身，閃過那些飛屑。齊鑫眼睛蒙著白紗，處處顯得小心翼翼。十數招之後，秀才的快劍逼得齊鑫連連倒退，只能不斷抵擋，蒙著眼讓他所見皆矇矓，自是吃虧不少。可是一旦進入快節奏後，兩人以快打快，秀才劍上的鐵鏽很快就磨光了，局勢似乎扭轉過來。

齊鑫扯下眼上的白紗，得意的笑了起來：「幫你把劍磨得晶亮，不用說謝謝嗎？」接著開始猛烈的出劍。秀才頓時處於劣勢，他劍上的鐵鏽磨光了，劍失去了阻力，劍的摩擦變得滑溜，他不喜歡這種感覺……

齊鑫的劍劃過秀才的手臂！劇痛脫力之下，秀才的劍掉落地上。

荀菲見狀，大喊一聲：「我來！」立即挺劍迎上前去。她俐落的擋住齊鑫揮來的凌厲劍招，幾招之後，立即由守轉攻，而且進攻的節奏快到讓齊鑫招架不住，顯得有點狼狽。堂堂一個大男人，論身形、論力氣，都不可能輸給一個小姑娘，但他就是無法扭轉劣局。齊鑫不由得愈來愈心急，這小姑娘竟讓他在眾兄弟面前下不了臺。

粗小皮和秀才也覺得震驚，天井山搶到一份貫通散的傳聞難道是假的？否則吃下貫通散的齊鑫怎麼如此不堪一擊？還是吃下貫通散的另有其人？

荀菲心急秀才受傷，心一急，「氣」就來，讓她的出手更快更狠。她的劍快速的轉著齊鑫的劍，彷彿有股強勁的吸力吸住了齊鑫的劍，教他無法將劍抽離。這時，荀菲猛地收劍，把齊鑫手中還在轉的劍給甩飛到半空中。

粗小皮和秀才也看傻眼了！荀菲什麼時候練就了這一招旋轉飛劍？

齊鑫難以置信的敗下陣來，荀菲趁著齊鑫掉劍恍神的剎那，挺劍往他的手臂刺去，劍身卻被不知從哪裡扔過來的石頭給彈開了！

於是，那個過路人，就在這頭射出第一枝箭，所有的人就看著那箭飛了出去……

不過三百八十步遠，二十年來，沒有一枝箭能飛抵對方箭臺……

一個灰衣人從屋頂上一字排開的弓箭手之中一躍而下，一個翻身後，輕巧又優雅的站在齊鑫身旁，說著：「大哥，我趕來了。」

「這個姑娘，這樣的身手，怎麼會是你的徒兒？」齊鑫咬著牙忿忿的說。因爲輸給一個小姑娘，他微仰著頭，用不屑的眼神斜睨著秀才。

「別這樣，名師出高徒嘛！我也打不贏她了。」秀才假裝生氣的說：「其實，我也滿氣的。」

荀菲趕緊收劍，幫秀才包紮止血。

粗小皮一看，沒想到從屋頂躍下的人竟然是任八方！

不，是假冒任八方的齊勵。

吃下貫通散的人竟然是齊勵！

粗小皮和齊勵兩人對視了好一會兒，齊勵才露出微笑說：「米糠，好久不見了！」

「是啊，感覺眞的好久了，任八方先生。」粗小皮說。

齊勵哈哈大笑起來：「我們半斤八兩呀，我們都是騙子，小粗師傅。」

「不，我們不一樣。我只是改了個名字，你卻偷了人家的身分和名字，還囚禁人家，你卑鄙多了。」

齊勵繼續嘻皮笑臉：「偶而把自己藏起來，假裝是另一個人，過另一種生活，還眞有趣。如果可以，我很樂意繼續當任八方。」

「很可惜，你缺少寫書的才氣。」

「誰說我沒有寫書的才氣？」齊勵明顯的不悅：「任八方寫的《一箭之遙》的結局爛透了，我寫了一個非常精彩的結局。」他提高了嗓門，朝身後的人喊著：「把任八方帶過來。」

齊鑫看著齊勵，咬牙壓抑著怒氣說：「都什麼時候了，你還在意那些書？這些人不願意下山，我們就把他們扔進井裡，他們只會壞事啊。你知道，事情壞了，麻煩就大了。」

「大哥，我不同意。」齊勵說：「現在要他們死，已經不容易了，大哥，你忘了剛才那姑娘是如何把你的劍打飛的？」

「枉費我這麼多年全意培養你成為天井山的接班人，你長他人志氣，你對得起我？對得起齊家莊這一眾兄弟嗎？」齊鑫簡直要氣炸了：「我容忍你為了一個任八方，搞出這麼多事，我還得為你的事到衙門拜託縣老爺，證明你不是任八方，把你從牢裡救出來。你還像個長不大的孩子，我真後悔把那東西讓你吃了……」

齊勵沒有辯解，他咬著牙，忍著。

這時，兩個人帶著任八方來到粗小皮面前，他的氣色看起來好多了。

齊勵看著任八方，這虛弱又蒼白的男子，讓他羨慕又嫉妒，他多麼想成為這樣的人，每一天、每一個時刻都屬於自己。

「任先生。」粗小皮叫喚了一聲，實在不知道該對這個遭遇悽慘的男人說什麼，希望今天眞能順利送他回家。

「任八方，粗小皮說我沒有寫書的才氣，你說呢？你寫的結局，那飛出去的箭，竟然射中一隻山豬，然後山豬帶著箭，消失在叢林裡……」齊勵一副快要崩潰的表情，咬著牙對任八方說：「這是什麼結局？」

任八方從鼻孔裡噴出一串冷笑，繼續保持著相同的姿勢，讓陽光曬著臉龐，完全不想回應。經歷那麼多悲慘的事，都是因爲這個結局，現在這竄改別人著作的男人，竟然還這麼理直氣壯的要原作者評論誰的結局寫得比較好！眞是滑天下之大稽了。

任八方將雙手放在身後交握著，微仰著頭看著天空，陽光灑在他的臉上，清風拂過他的臉頰。他什麼也不想說了，說什麼都是多餘，就算現在死去，也沒關係了。灑在臉上的陽光最眞實，暖暖的日光灑在森林，也灑在天井山大門前的一群人身上，陽光不問世事，與任何人都沒有冤仇，它公平的分享溫暖給每一個人、每一棵樹。除非，你很不愛曬太陽。

任八方忽然想起什麼，他轉頭看著齊勵，然後走向他，伸手取走齊勵塞在腰間的摺扇：「該還我了！」接著「唰」一聲的甩開摺扇，細細的檢查，然後露出一臉厭惡的表情，將摺扇扯了個稀巴爛後，扔在地上。

「髒了，不要了。」任八方轉身走到剛剛曬陽光的地方，繼續曬陽光，想把臉上的蒼白曬去。

鄧遠坐在樹上，不理會大家，方才打得一片熱鬧，他自顧自的唸著《一箭之遙》；現在所有的人都放下手中的箭與劍，甚至連話都不說了，天井山一片靜寂，鄧遠依然唸著書裡的內容，彷彿只有那樣唸著，才能讓他享受內在的寧靜。

齊二少回來了，他打算終結山豬窟與望天坑兩村纏鬥了數十年的恩怨，他站在山豬窟箭臺上，在村長及眾鄉親面前，試著射出一枝箭，那枝箭將牢牢的射穿望天坑箭臺上的柱子……

齊二少那滿滿的自信，讓望天坑的村長慌了、急了！他急沖沖的跑去對齊二少說：「這種力氣，根本就不用比了，我們望天坑派不出人來和你對戰。乾脆直接宣布山豬窟贏了算了。」望天坑的羅村長一臉沮喪，他心想，硬是要比，望天坑可要招來嘲笑了，他們的箭會像小男童撒尿般的降落在可笑的地點……

「一字不漏啊，好兄弟。」齊勵裝出滿意的表情說著：「夠了，別再唸了，留點想像空間給讀書的人。」

「阿古村長，不用擔心，射箭擂臺賽要照辦，我幫你們望天坑找來一個高手，和我不相上下，他會走上望天坑的箭臺。」……

「夠了！可以閉嘴了！」

齊勵這下完全被激怒了！他一躍而起，朝鄧遠的方向跑去。粗小皮和荀菲同時飛奔過去，兩個人同時一個大彈跳後翻身落地，及時攔下了齊勵。

「誰敢動我兄弟一根汗毛，我就對他不客氣！」粗小皮自己也感到訝異，他竟然說鄧遠是他的兄弟，他的兄弟一直以來只有康亮一個。

齊勵撿起剛剛被荀菲擊飛的齊鑫的劍，說：「米糠啊，我們來玩一下。如果我輸了，就讓荀家人跟你們一起回家。」

「我可沒答應。」齊鑫滿臉不悅的大聲說著。

「大哥以為我會輸嗎？」齊勵轉頭看著齊鑫。

齊鑫露出沒把握的表情：「不管你是輸是贏，那是你的承諾，和我無關。」

「你們兄弟不說清楚，是不是想要著我玩？」粗小皮也不高興了。

「這件事，我說了算。」齊勵一說完就揮出手中的劍。他出劍速度極快，但是粗小皮回擋的速度也極快，鍋底面積大，能更輕易的擋下對方刺過來的劍。齊勵很快的從短暫交手過程中看清一件事，就是自己出劍的速度再快，也傷不了粗小皮，而且，他大哥的劍很可能會因為不斷劈向粗小皮手上的那把長柄鐵鍋而變成廢鐵。

齊勵架開粗小皮的鐵鍋，對著手下說：「去兵器室把我的鐵棍拿來。」齊勵想到對付粗小皮的法子了。

「鐵棍是吧！」粗小皮覺得不妙，鐵鍋擋鐵棍，佔不了便宜啊！粗小皮揮了揮他的長柄小鐵鍋，心裡想著，回牛頭村之後，要去老鐵打鐵鋪打一把劍，或者打一個再長一點的鐵鍋，這樣一來，必要時就能拿來當武器，打人的屁股應該會很痛。平常時候就拿來煎個蛋，炒個辣醬。自己沒有一件像樣的兵器，每一次對戰就得四處尋找可以防身的東西，這樣的確造成很大的不便。這鐵鍋是還不錯，就是重了點。

有個人很快的拿著一根粗細和掃帚柄相似的鐵棍跑出來，朝著齊勵大叫一聲：「二當家，接著了！」齊勵右手扔出手中的劍，左手接住鐵棍。

粗小皮看了一眼那個遞鐵棍的人，那不是在明鏡湖邊穿著假捕快制服吹口哨的人嗎？原來這三個人一直跟著自己，這就可以解釋為什麼齊勵永遠可以和自己不期而遇，在他路過的飯館說書，在他給那位腳不一樣長的姑娘做鞋墊的地方出現，這一切只為了把他引來天井山嗎？但是，他本來的目的地就是天井山啊！

齊勵握著鐵棍，朝著粗小皮就是一陣猛烈的擊打，粗小皮繼續用手上的小鐵鍋擋著，鐵棍敲鐵鍋，鏗鏘匡噹響，就像過節時的舞龍表演，敲鑼助興。粗小皮漸漸吃不消了，齊勵砸下來的鐵棍又重又沉，震得他握著鍋柄的手又痛又麻，有時鐵鍋擋下擊向胸口的一棍，胸口反而被自己的鐵鍋猛地撞擊！

粗小皮咬牙苦撐，他絕對不能輸，輸了就白來了！

齊勵也發現粗小皮握著鐵鍋的手微微顫抖，便將鐵棍往粗小皮肚腹直擊。粗小皮用鍋子正面擋下，齊勵使勁的用小快步往前推進，力量大得將粗小皮整個人往後推，粗小皮只能右腳屈膝、左腳伸直在後，撐著身體讓自己不會摔倒。粗小皮無法將抵在腹部的鐵鍋推出去或抽出來，眼看身後有一棵樹，如果就這麼撞上去，脊椎骨肯定要斷了。

怎麼辦呢？

就在這時，粗小皮眼角餘光瞥見一條灰溜溜的蛇鑽進草叢裡，他立刻有了點子。他快速將左腳收回併攏雙腳，半蹲後放開雙手，將身子放軟往後仰，齊勵抵著鐵鍋的鐵棍頓時失去阻力，鐵鍋飛出去，齊勵有點踉蹌的跨了一個大步穩住身子，轉過身來，卻見粗小皮雙手著地，一個翻身站起。粗小皮甩了甩手，彎身從腳踝取出一把魯高給他的那一小筒長針，他將長針握在手上，開始一小把一小把的將針朝齊勵扔去。齊勵沒想到有這招，他只能轉著鐵棍，試圖打下所有的針，卻隱隱感覺到右手傳來痛感，但他不能停，粗小皮的針還再飛。

終於，粗小皮停了下來，他拍了拍手，手上沒針了。趁著這個空檔，他趕緊去把鐵鍋撿回來，他可不能沒了這救命鐵鍋啊！

齊勵放下鐵棍，這才看見自己右手手背上刺著兩根縫針，腿上也插著幾根，右邊耳垂插著一根。

齊勵面帶微笑的把縫針一根一根的拔起來。

「米糠，嗯，你可能比較喜歡人家叫你粗小皮吧！但是，我偏偏要叫你米糠。你知道江湖上的人怎麼稱呼這些針嗎？幾乎沒有重量的針，在你的手上就變成了箭，他們說這是隱形箭，快，狠，準，但是人們看不見它。」齊勵終於把針拔完了，他將針收攏成一束，遞還給粗小皮：「收著，別浪費了。」粗小皮沒伸手接，齊勵就放開手讓那些針掉在地上。

「我贏了，請履行你的承諾，放了荀家人。」粗小皮用堅定的語調說著。

齊勵看向他的大哥齊鑫。

「這得問我的大哥。」齊勵露出一副耍賴皮的嘴臉。

「假的任八方能做出什麼眞的事？說眞的話？」粗小皮一臉不屑的說。

粗小皮看著齊勵，也許他當假的任八方時比較快樂，他在麵館說書時，可以感受到他的自在。而他現在臉上的表情緊繃，眼神看似傲慢，但更像痛苦。

代表望天坑出賽的是皮小米，皮小米十四歲，個小，光頭，背個枯葉色的背袋，是個深藏不露的頂級高手。就算你悄然無聲的走在他身後，朝他出拳，朝他揮劍，拳頭擊出的風就能讓他知道拳頭尾隨在後，劍一出鞘，他就能聽見那劍削斷風的聲音。

鄧遠唸著《一箭之遙》，那乾淨清朗的尚帶著稚嫩的嗓音，唸出來的字字句句飄蕩在空中，驅走了鳥鳴，阻擋了風的行走，那聲音強勢的成爲所有人唯一聽到的聲音。

代表望天坑出賽的是皮小米，皮小米十四歲，個小，光頭，背個枯葉色的背袋。

這個皮小米？說的是我嗎？是，把我的名字倒著寫，去掉「且」字。

粗小皮腦袋轟然一聲，他完全明白了，這會兒是完完全全明白了！

第二十三章 撥雲見日

粗小皮看著齊勵，又看看任八方，任八方也看著粗小皮。

齊勵企圖奪走任八方的身分，不是嚮往四處說書如閒雲野鶴般自在的生活，而是爲了讓自己走上望天坑的箭臺，和他一箭定生死！

齊勵一副不在乎的模樣說：「爲了把你帶到這裡，爲了讓書裡的故事變得更精彩，我用自己的生命去改寫這個故事，這是我家鄉的故事，結局理應由我來寫。冒充任八方，全都是爲了你。」齊勵略顯激動的望著粗小皮，又說：「米糠，書裡的故事沒有贏家，我不喜歡這樣的結局。這個世界需要贏家，我們倆來寫這本書的結局。」

「不能慣壞作惡的人！」粗小皮說了這句齊勵自己說過的話：「你對任八方做的事情，我不會原諒你。這世界不是你說了算！我對這個改寫的結局沒興趣。」粗小皮停頓一下，冷冷的說：「贏了又如何？輸了又怎樣？那塊地是山豬窟的，還是望天坑的，和我一點關係都沒有。」

「三天後，我在山豬窟的射箭臺等你。」齊勵指著粗小皮，表情嚴肅、語氣充滿權威的說：「你將代表望天坑出賽。」

「齊勵，你眞的浪費我太多時間了，當初你就直說山豬窟是你的家鄉，咱倆就站上兩個箭臺，何需兜兜轉轉的繞那麼大圈遠路。」

「米糠，你那時候忙著趕路，你認爲自己有可能停下腳步先跟我去一趟山豬窟和望天坑嗎？更何況，我給你這麼大的暗示了，你連書都沒有讀呢！」

「有好些時候，我眞把你當朋友了。」粗小皮感慨的說。

齊勵臉上閃過一絲痛苦的表情，隨即揚了揚他那兩道濃眉，說：「我沒有朋友，我也不需要朋友。不過，我曾經想過，如果有一個會補鞋的或是會做包子的朋友，應該會很不錯。」

「要我站上望天坑的箭臺也行。」粗小皮拉了拉衣服，站直身子說。

齊勵一手扶著鐵棍，一手放在背後，仰起下巴看著粗小皮，等著。

「放了荀家母子，永遠不再找他們麻煩，永遠。」粗小皮語氣堅定果斷的說。

齊勵看著粗小皮好一會兒，才轉頭用祈求的眼神看著大哥齊鑫。

齊鑫皺了幾下眉頭，咬了咬牙，語重心長的說著：「兄弟，別爲了這等兒戲，放棄壯大齊家莊的機會。」他斷然的拒絕：「這藥方就少一味兒，應該就快找到了。等他們找齊所有藥材製成藥粉，自然就會放他們回去。」

「大哥……」齊勵還想說什麼，立馬被齊鑫制止。

「不要再說了。我們堅持了這麼久，沒理由現在放棄。」

「大哥，這貫通散的藥方，找來找去，找這麼久了，就是少一味。荀良說他忘記了，只知道是一種細長葉子的草藥；荀夫人說她是婦道人家，從來不過問藥鋪的事。大哥，你聽出這中間有哪裡不對勁嗎？他們不會給你藥方，也許他們根本沒有藥方。如果有，早給你了。」

「荀家還有一個閨女逃走了，藥方肯定在她身上。我們加派人手去找。」齊鑫臉上重新燃起希望，目光炯炯的望向他的手下，還可以派誰出去找尋呢？

「這些日子你派出去的人，有找著嗎？她就像在人間消失一樣。況且，荀大夫怎麼會把這麼重要的東西傳女不傳兒呢？」齊勵試著說服大哥。

齊鑫怒吼起來：「當初把貫通散讓給你，是因為你年輕，希望你爭氣，幫著管理齊家莊事業，結果呢？整天啥事不做，學人家說書，一心只想上箭臺……那是兒戲，兒戲！」大家以為他說完了，沒想到他停下來喘口氣後，又補上兩句：「現在，我要完全複製那貫通散，你竟然還來阻擋！你……」

齊勵望著齊鑫，滿眼的怒氣：「我求你不要讓我吃下那東西，你偏偏要逼我服下，這下又來指責我了？我五歲站上山豬窟射箭臺的時候，我就發誓，終結兩村恩怨的人，必定是我。我站上射箭臺七次，射出去的劍一次比一次接近，你讓我吃下那東西，我的箭終於可以飛躍望天坑的射箭臺，甚至可以飛過山頭……但是，那有什麼意思呢？我恨你呀，大哥，我一點都不想待在天井山，天井山是你的事業，不是我的！」

齊鑫不可置信的望著自己撫養長大的、當兒子寵的齊勵，竟然說他恨自己！

「說書都比待在天井山當什麼二當家來得有趣。你口中的兒戲，是我一生的夢想，這個夢想被你一手毀了！」齊勵完全豁出去了，不管眼下的眾人都是外人，他也要抒發胸口的悶氣：「你今天讓荀家人走，我和粗小皮站上山豬窟和望天坑的射箭臺之後，我答應你，永遠留在天井山當二當家，管理齊家莊的事業。」

「萬一你被箭射死了呢？」齊鑫不無擔憂。

齊勵嘴角帶著微笑，看著齊鑫說：「大哥啊，人生有死，死得其所，夫復何恨。」

這時莊內屋子裡傳來一陣騷動，有喝叱聲、尖叫聲、刀劍碰撞聲。

粗小皮看見荀菲領著荀夫人和荀良，一路從屋裡跑出來，她何時溜進屋裡的？廣場上的人見狀，立即奔過去支援。荀菲和一名中年女子一路從屋內打到屋外，一到屋外，荀菲的身手就更加俐落了，三兩下就將婦人拿下，還傷了她的肩膀。

齊勵和齊鑫急匆匆的趕來，檢查婦人的傷勢。

「不礙事。」那婦人嘴裡這麼說，表情卻是痛苦的。

「嫂娘，眞是對不住，讓你受傷了。」齊勵心疼的說：「我找他們算帳去！」

齊夫人將齊勵一把拉住，說：「別再惹事，勸勸你大哥，讓他們走……」

荀良走向齊夫人，對她說：「讓我幫你吧，血流不止呢！」說著拿出藥罐，幫齊夫人的肩傷上藥、包紮。

就在齊家莊廣場上一片混亂的時候，任八方安靜的走出了齊家莊大門，他對這一切眞是厭煩極了呀！他想找個地方靜一靜，他有一個新故事想寫，多想念坐在案前磨墨，聞著墨香握筆寫字的感覺啊！

眞是太久沒寫字了，有哪個字可以說明他這些日子的遭遇呢？只有這個「慘」字吧！但是，很快的，他就把「慘」字給扔了，應該是「悅」字，因爲他遇見了粗小皮，在他從山頂摔向懸崖底部的墜落過程，粗小皮是那根鉤住他的樹枝，讓他活下來還能寫新的故事。新故事寫什麼呢？大概是一個賊偷了另一個人身分的故事。如果沒有這麼慘的遭遇，哪會遇見這麼好的故事呢！

沒有人注意到任八方，除了還躲在樹上的鄧遠，他不敢離開，他看著瞭望臺上和屋頂上的弓箭手，一枝箭都沒飛出來。

齊鑫也看到了，荀夫人和荀良被他軟禁在天井山，荀良還願意幫自己的夫人治療，他堅定要得到貫通散的心也動搖了。

「聽說貫通散有五份，有兩份遺失……」齊鑫追問。

荀菲打斷他的話：「你們從我哥哥那兒搶走一份，苗天準吃了一份，另一份據說他逼著讓牛頭村某人吃了。」

「你……你果然就是荀家閨女。你也吃了貫通散！」當他的劍被荀菲甩飛時，齊鑫就有所懷疑了。

「沒錯，我就是荀菲。那時候我爹讓我藏起兩份，我恨這東西讓我失去了爹爹，我和我哥都不願吃它。後來在秀才勸說下，我才吃了一份，將它融入身體裡，永遠留下我爹研究的心血。」荀菲面無表情的說：「最後一份，我在路上扔給一隻山豬吃了！」

齊鑫整張臉幾乎皺成一團，他咬牙切齒的說：「你把最後一份貫通散讓山豬給吃了？我聽你在鬼扯，別以爲我這麼好騙。」

「我說的是眞的，你愛信不信。」荀菲不悅的轉過頭去。

粗小皮忽然狂笑起來，笑個不停：「那山豬，哈哈哈，我見過那頭山豬，哈哈哈……她說的是眞的，我從來沒見過那麼凶的山豬……那豬把修峰寺的修言住持嚇得爬上樹，那豬還猛頂那棵樹，是我在修言住持落地之前把他拉到樹上。那山豬已經成了森林之王呀！牠才是眞正的贏家。荀菲姑娘說的是眞的，你們可以去森林看看，但一定要小心，那頭山豬的脾氣非常非常的暴躁。」

粗小皮笑到眼淚都給逼出來了，他一邊笑一邊擦眼淚：「這是眞的，我眞的見過那隻山豬，很有爆發力，脾氣壞透了。」

「大當家，我們把那頭豬抓來吃了，也許就能得到那力量……」有人建議。

「那你得抓得到牠才行。在任八方的故事裡，那飛行的箭最後射在山豬的背上，而荀家最後一份貫通散讓山豬給吃了……」粗小皮說到這裡，又狂笑起來：「大家和豬很有緣啊！」

「眞是暴殄天物。」齊鑫忿忿的說。

這時瞭望臺上敲響了三聲鑼鼓聲，這是崗哨通知有人來了。

所有的人都往大門外望去。

莫子離騎在馬上，後頭跟著兩名隨從，他面帶微笑的對著所有人說：「天井山今天好熱鬧啊！」

齊鑫迎上前去：「莫大人怎麼來了？是公事還是私訪呢？」

「哈哈，都有吧！」莫子離說。

「莫非有人犯越獄來到天井山了？」齊鑫態度謹愼的問著。

「我調離『三省監獄』了。」莫子離把目光移到粗小皮身上：「小粗師傅，託你的福，我升職了。我現在是東大城三省縣的縣令。」

粗小皮露出大大的笑容跑向莫子離：「恭喜你呀，升這麼大的官。」

齊鑫臉上明顯的出現不安的神色：「請問莫大人，原來的縣令調哪兒去了？」

「他告老返鄉了。」莫子離說完，轉頭對粗小皮說：「如果小粗師傅想當『三省監獄』的獄官，我可以推薦你……」莫子離調皮的歪著臉，意有所指的說。

「別開玩笑了，莫大人。我沒那本事。」粗小皮趕緊把大家招了過來，說：「我們正要下山呢。」荀菲把鄧遠也從樹上帶下來。

「這麼巧！我剛來，你們就要下山了。」莫子離看見荀夫人和荀良，趕緊躍下馬走向他們：「唉呀，這不是荀夫人和小荀大夫嗎？好久不見，你們今天也下山嗎？」

「是啊，莫大人，我們來接他們下山了。他們想家了呢。」粗小皮說。

「離家這麼久，肯定想家了。」莫子離說：「那我先送送你們。」

「等一下。」齊勵跳了出來，說：「我和粗小皮還有事沒說完。」

莫子離轉頭看著齊勵，笑著說：「你們說話的時候，我需要迴避嗎？」

齊勵不理會他。齊鑫則緊繃著一張臉，他知道已無力改變任何事了，即將上任的縣老爺這麼巧就出現在這裡，是來給天井山下馬威的？還是真的剛好路過？

「我知道你想跟我說什麼。」粗小皮誠懇的對齊勵說：「永遠不要再找荀家人麻煩，我就和你一起站上箭臺，改寫你想要的那個結局。」

一隻鳥飛過上空。粗小皮和齊勵同時抬頭看了那隻飛鳥，那是一隻鷹，正俯視著大地，俯視這群不知何故大聲爭吵的人類。

齊勵命手下送來兩把弓，一把遞給粗小皮，再將一個裝滿箭的牛皮箭袋遞過去。

粗小皮第一次觸摸到弓箭，這把弓箭是木頭製成的，一體成形，立起來還比自己高出一個頭呢。

齊勵拿著一枝箭在手上把玩，說著：「弓箭是一種迷人的武器，不用耍花招，單純又美麗，上弦，瞄準，拉弓，撒放，只講力量、速度和距離。它是戰場上最恐怖、最致命的武器，古時候的許多戰役，誰擁有技術精良的弓箭手軍隊，輸贏大致已定。一把名師打造的劍，對上一把最普通的弓箭，只要拉開距離，劍都得掩面哭泣！」

粗小皮拉拉緊繃的弦。

「你從小學習箭術，我是今天才知道弓箭長這個樣，更別說射箭了，所以，你認爲這樣對我就很公平？」粗小皮說。

「你還有三天的時間練習。」齊勵說：「勝負難定，我有一半的機率會死，你也是。這是一場公平的競賽。」

粗小皮的心涼了半截，你這傢伙怎麼會死，你們一莊子人都練箭，你才剛剛學會站，你那像親爹的兄長就開始教你射箭了吧！

「別說我欺負一個不懂弓箭的人。我現在教你如何使用。」

齊勵將箭拿到眼前，指著箭尾上的羽毛說：「別把箭尾的羽毛給弄斷了。你看天上那隻鷹展開的雙翅，羽毛讓牠飛得又遠又好。箭尾的羽毛讓箭的飛行保持平衡。」他再一次抬頭看天上的鷹：「我們的祖先眞是太聰明了，抬頭看鷹就能發明箭這玩意兒。」

齊勵接著拿起弓，向粗小皮示範操作：「將箭尾的凹槽插進弦的中心點，用大拇指扣弦，食指扣住彎曲的大拇指關節，將箭尾卡在拇指和食指的指窩處，箭身擺在握把上方的指背上。現在，同時將弓往前推，右手臂將弦往後拉，把弓拉滿，拉到臉頰處，瞄準目標，然後，手指自然放開。」

「力量和穩定是贏的關鍵。記住，別閉上任何一隻眼睛瞄準。」齊勵補了一句。

齊勵重新將箭上弦，箭身擱在握弓的大拇指上，三指拉弓，將弓箭朝上，瞄準，放開手指。箭飛出去，射中那隻飛翔的鷹，倒楣的鷹帶著箭飛進森林。

「你也可以像我這樣三指拉弓。隨你高興。」齊勵示範三指拉弓法。

粗小皮按照指示上弦、拉滿弓、放開手指，箭飛出一個弧度後插在地上。

「小粗師傅，沒問題的，再練習一下，你的箭就可以飛回牛頭村。」莫子離笑著說，語帶鼓勵。

「莫大人要不要進屋來喝杯茶呢？」齊鑫提出邀請。

「我還沒上任呢，不過，先拜訪縣內的仕紳，也挺好的。」莫子離說：「先等會兒，我送送朋友。」

粗小皮轉身對齊勵說：「眞遺憾，我們不再是朋友了。」

齊勵吸了一口氣，淺淺的笑著：「我們從來就不是朋友。」

「說得是啊，你不過把我當成一個箭靶罷了。」

「你的朋友，應該是你的兄弟，康亮，在天井山待了三天，我們付錢讓他爲我們做三天的包子。我懷疑是那傢伙偷偷的把任八方給放了，不過也不能確定，因爲我沒有證據。」

「我已經見過康亮了。」粗小皮面無表情的說。

粗小皮一行六個人，只有三匹馬，秀才有傷和荀良騎一匹，粗小皮和鄧遠騎一匹，荀菲和荀夫人共騎一匹。

「娘，你得抱緊我，千萬別鬆手。」荀菲用哽咽的聲音叮囑著。

「不會鬆手，再也不鬆手。」荀夫人也悲從中來的落下了眼淚。

一行人拖著疲憊的身軀下山去了。

粗小皮牽著馬和莫子離並肩走著，鄧遠一步一趨的跟在粗小皮身後。莫子離送了粗小皮一小段路才停下腳步：「小粗師傅，咱們後會有期了。」

粗小皮小聲的對莫子離說：「聽說山裡有一口井，井裡頭有黑銀，你要不要調查一下？」

「哈哈哈，傳說之言，不可盡信啊！小粗師傅慢走，我就送到這兒了。」莫子離看著粗小皮和鄧遠跨上馬背後的背影，臉上還掛著燦笑。等到粗小皮他們的身影完全消失之後，他收起笑容，轉身，若有所思的看著齊家莊。

高手對決，圍觀群眾一個個抿緊嘴唇，小心呼吸，擔心呼吸會把射出來的箭給吹歪了！

村長敲響鑼鼓，鑼音尚在空中迴盪，夾在齊亮與皮小米手指間的箭，同時飛了出去……

第二十四章　箭術

離開天井山時，粗小皮不見任八方，猜測他已經悄悄的離開了。這可憐的男人，終於自由了。

一行人回到了荒野客棧，天都黑了。

廚房熱鬧的準備飯菜，好餵飽這群又累又餓的人。

飯菜都上桌後，荀菲立刻給母親添飯、夾菜、盛湯：「娘，多吃點，我們吩咐廚房做的，都是你喜歡的菜。」

「菲兒，這半年你辛苦了！」荀夫人端著女兒的臉，心疼的瞧著。

「娘，我不辛苦。我們終於可以一家人坐在一起吃飯。」荀菲開心的說著。

「我們雖然被軟禁，每天被逼著去山上、去溪邊找藥材，但還不至於被虐待。只是，讓人絕望吧，覺得被軟禁逼迫的日子永無止境。」荀良嘆了口氣說。

「小荀大夫爲何不願意服用貫通散？」粗小皮好奇的問：「那不是老荀大夫特地爲家人調配的藥方嗎？」

「我親眼見到家裡試吃的小黑狗，變得凶猛又可怕，齜牙咧嘴的到處衝撞，還咬傷一個病人。我害怕自己也變成一個暴衝的、不受控的人。」荀良溫和的說著。

「你看他們都沒有暴衝。」秀才笑著說：「你後悔嗎？」

「沒有想過後悔或不後悔。發生了，就發生了；沒發生的，就當做天註定。」荀良也笑著說。

荀夫人微微的點頭表示認同。

「我倒是後悔了，後悔扔給山豬吃。」荀菲調皮的說著。

荀夫人握著荀菲的手，心疼的說：「菲兒，你長大了，變得不一樣了，整個人充滿自信，我們這些日子的犧牲，值了。」

荀良舉起雙手，朝荀菲打躬作揖說：「以後的日子，就請荀菲女俠多多照顧了。」

「爹爹的貫通散給我的身體打了個底，讓我不管做什麼鍛鍊都事半功倍。但是，和你們分開的日子，我一個人在外面，內心的勇氣得自己長出來。我一心想把你們救出來，不僅要練武，我還學會像偷兒那樣把鎖撬開偷東西……」荀菲一開始愉快的說著，說到偷東西，便停頓了下來。和粗小皮一起埋獸皮的事，還是不說了吧！

「那你偷了什麼呢？」荀良問。

荀菲和粗小皮交換了一個眼神，粗小皮調皮的說：「偷了我的心。哈哈哈。」

荀菲瞪著粗小皮說：「一點都不好笑。」

「也偷了我的。哈哈哈。」秀才也笑著說：「那旋轉飛劍，偷走所有男人的心啊！」

「還眞是當下立即的反應，我想快點打敗齊鑫好幫你敷藥，如果你的手廢了，就糟了，秀才師父。」荀菲開心的說著。救出母親和兄長之後，她整個人開朗起來，笑容也變多了，粗小皮覺得這時候的荀菲變得好美。

「嗯，米糠，你明天要開始練箭了。」秀才微微的皺了一下眉頭說：「這箭術，我還眞不懂。」

粗小皮疲倦的臉上看起來憂心忡忡。

「我們都會在現場，萬一你被箭射中了，我會幫你把箭取出來。被箭射中了不能直接拔起來，那些倒鉤……」荀良想讓粗小皮安心。

「你這樣說，嚇死他了。」荀菲制止荀良繼續說下去。

粗小皮苦笑了一下：「完全沒勝算呢！」

「明天好好的練習，永遠有機會。」秀才用堅定的語調說著：「也許三百八十步遠的距離，射程太遠，你們兩個都辦不到。但這是說書人說的故事是吧！任八方如果在這兒，他會說，聽說最遠的射程是五百步，古時候有個小戰士，年齡十四有餘，在一場射箭競賽中射出了五百步遠的距離，眾人皆不信……」

秀才的話逗樂大家了。

「我想請問荀大夫，我這一喝酒就不醒人事的毛病，能治嗎？」粗小皮小聲的問。

「喝酒之前，可以先吃點解酒散，或許不會醉這麼久……」荀良要粗小皮伸手讓他把把脈：「這脈象強而有力，小粗師傅是個健康的人呢。以後少喝一點就是。」

「荀菲姑娘，怎麼你就沒有一喝酒就醉到不醒人事呢？」粗小皮以爲每個服用貫通散的人遇到酒，都會立刻醉倒。

「每個人的體質不同，我就沒這毛病。」荀菲說。

粗小皮和齊勵一起喝過酒，齊勵也沒這毛病。只有自己會這樣啊！眞是糟糕透頂的毛病啊！

用過晚飯後，大家都進屋休息了，這一天又累又漫長啊！

粗小皮把弓箭立在牆角，從背袋裡拿出補鞋工具，連夜趕工做好了三雙鞋子。荀夫人的是雙柔軟的棉布鞋，鞋底是生牛皮，還縫上一層軟樹皮當鞋墊，走起路來會很舒適。小荀大夫的鞋是雙牛皮鞋，讓他穿十年也不會壞。這三雙鞋早先就縫得差不多了，收尾就行了。粗小皮用碎片牛皮縫製的皮革，幫荀菲做了一雙別緻的花鞋，特別適合姑娘穿。

粗小皮將做好的鞋整齊的擺放在荀家人的房門口，明早他們開門就能看到了。粗小皮放好鞋回到房間，打了一個大呵欠，看了一眼立在牆邊的弓箭，明天再練吧，他實在累壞了。

一早醒來，粗小皮拿著弓箭走出房門，走到樓下，荀家人和秀才已經在那兒用早餐了。粗小皮來到桌邊坐下，伙計很快送來一碗豆汁，和三顆還冒著熱氣的包子。

「聽菲兒說，你千里迢迢找到我們，只爲了給我們做雙鞋？」荀夫人面帶微笑語氣柔和的問。

「是。」粗小皮忽然像個受了委屈的孩子，哽咽的說著：「我的身體裡，有老荀大夫辛苦研究出來卻爲它喪命的東西……」

「小兄弟，我們明白你身不由己，我們都沒有怪你……」荀夫人語調溫和的說著：「我們都很高興這貫通散能用在善良的人身上。」

「你擁有了它，這是改變不了的事實，你就收著它，然後珍惜它！」荀良說：「這鞋我們全都收下了，我們都很喜歡。謝謝你。」

荀夫人和荀良都穿上新鞋，唯獨荀菲穿著原來的鞋。

「那麼漂亮的鞋，好日子再穿。」荀菲嬌羞的說。

「什麼才是好日子？」秀才好奇的問：「天井山的齊家兄弟不會再找你們麻煩了，以後每一天都是好日子。」

「這雙鞋看起來喜氣，出嫁那天再穿。那天肯定是好日子。」荀良逗著荀菲說。

「菲兒才十五歲哪！出嫁還太早呢！」荀夫人笑著說。

「我們全家都需要荀菲女俠的保護，你不准嫁！」荀良板起臉孔裝出嚴肅的樣子說。

粗小皮看著歷劫歸來的一家人如此歡樂，他也沾染了這些歡笑，他特別喜歡看荀菲笑的模樣，就像花開了一樣。荀菲也朝粗小皮望去，兩人四目相接，立即慌張的將視線收回。

粗小皮趕緊喝完豆汁，吃完三顆包子，起身拿著弓箭走出客棧：「我得練箭了。」

粗小皮來到客棧前的空地，他看著手中這副弓，木頭打造的，一體成形，中間的握把纏著麻繩，兩側的彎弓處則縫著牛皮，弓弦看起來像是牛筋製成。而箭袋裡的箭，箭身是竹子製的，錐形箭鏃是鐵打的，磨得晶亮。可惜了這副美麗又精緻的弓箭，用來作爲傷人的武器，立即化身成爲醜陋又邪惡的魔。

粗小皮將箭上弦，箭身放在左手大拇指上，三指拉起箭尾，拉滿弓，拉著箭尾的手卻遲遲不敢鬆手。他竟然感覺到害怕，這恐懼從何而來？不就是鬆手而已嗎？大概是鬆手了，就無法掌控那枝箭了。

握弓的手顫抖起來，粗小皮還是鬆手了，射出他的第一枝箭。箭「咻！」的一聲消失在空中，不知去向。他的左手臂內側被回彈的弓弦彈打得一陣劇痛，拉起袖子一看，又紅又腫。他只好拿出兩條頭巾纏住手臂，其中一條是麥甜送他的，他摸了摸那條淡藍色的頭巾，感受到麥甜的陪伴，重新振作起來。

啊，力氣太大了，要收斂一下，不然所有的箭都不見了，就沒箭可以練習了。

粗小皮再一次拉滿弓，這一次他沒那麼害怕了，手指撒放得很順暢，一箭擊中樹幹。粗小皮一路數著步伐走過去取箭。

一百步。

一百二十步。

一百三十五步。

粗小皮在每一棵樹幹上用石頭刻出步數，他的目標是最遠的那一棵樹，四百步。

他發現只要自己瞄準的時間一長，箭就會射偏，因爲瞄準過久手就會發抖，一抖就失準了。粗小皮練習上弦後，拉滿弓，瞄準，撒放，將動作一氣呵成，沒有半秒停頓。

二百步。

二百三十步。

二百五十步。

三百三十步！

粗小皮整個人激動起來，三百三十步！

他走去取箭時，心裡想著，他不需要瞄準齊勵的任何身體部位，這不是生死決戰，只是一場遠或近的輸贏競賽而已。任八方，喔，不是，是齊勵，他也這麼想嗎？粗小皮隱隱的感到不安。

粗小皮將箭收回來的時候，荀菲拿著藥盒正朝他走來。

「你的手指頭正在流血，你不知道嗎？」荀菲指著地上滴落的血滴。

粗小皮舉起右手一看，三根手指頭已被弓弦切割出一道傷口。荀菲讓粗小皮坐下，打開藥盒幫他上藥、包紮。

「我們決定離開東大城，找一個小鎮，從此隱姓埋名，開間小藥鋪重新生活。」荀菲一邊幫粗小皮包紮一邊說。

粗小皮紅著一張臉，荀菲溫熱的手碰觸到他的手指頭，讓他的心跳得好快。

「嗯，離開東大城是對的，就算齊家兄弟不再找你們麻煩，還會有別人……」

「米糠，」荀菲忽然握住粗小皮的手說：「後天射箭擂臺賽結束之後，和我們一起走好嗎？」

粗小皮愣住了！和你們一起走，是什麼意思？

「我……你們……走去……去哪兒？」粗小皮慌張了起來，他把手給抽回來，似乎明白一點什麼，但又不確定。

「我並沒有眞的偷走你的心，是嗎？」

「有的，偷走一點。」粗小皮也不確定是偷走一點兒，還是整顆都拿走了。

荀菲低垂著眼眉，將藥罐收進藥盒裡。

「你要我跟你們一起走，是因爲我身體裡有荀大夫研究的心血，這也是你在『隨便住住』客棧救我的原因……是嗎？」

「不全然是。」荀菲站起來，臉上再度展開燦爛的笑容：「是因爲我很喜歡看你編草鞋的樣子。」說完，荀菲就甩著藥盒走進客棧。

粗小皮狂跳的心慢慢緩和下來，他舉起右手看著纏著白布的手指頭，他哭了起來！

第二十五章 箭在飛

隔天，粗小皮又練了一上午的箭，用過午飯，就告別所有的人，他想先去望天坑看看，一個普通的小村子是如何成爲傳奇的。

離開的時候，粗小皮沒敢多看荀菲一眼，跨上馬兒，便朝天井山的方向奔馳而去。

粗小皮騎著馬經過齊家莊時，瞭望臺上的銅鑼輕輕的敲響了一下，粗小皮連半秒鐘都不願意看它一眼。

半天時間，粗小皮就到了山豬窟和望天坑。這兩個村子怎麼看都像個小鎮的規模了，外圍都是新蓋的房子。兩個村子舉辦的射箭擂臺賽，經過二十年的變化，已經成爲知名的朝聖景點了。

先找間客棧住下吧！

粗小皮走進看見的第一間客棧，招牌上寫著「望天驛棧」，這是一間新蓋的客棧，地點位於望天坑。

「還有房嗎？」粗小皮試探性問了一下，湧進來看熱鬧的人這麼多，大概沒房了。

「您是小粗師傅是吧？」客棧伙計問。

「是，你怎麼知道……」

「有個叫康亮的小兄弟早早就幫您訂了一間房，費用也付了。」伙計說。

「康亮幫我訂了一間房？多久以前？」粗小皮激動的問著。

「三天前。」

三天前，康亮就知道他會到望天坑？他當時在荒野客棧言語如此冰冷，爲何又要爲他訂房呢？他其實沒有眞心怨恨自己，是嗎？

「他也住在這裡嗎？」粗小皮問。

「沒有，只剩一間房，他留給你，就走了。」

「有說去哪兒嗎？」

「沒說。不過我猜，他是不會錯過這場競賽的。」伙計拿出鑰匙準備帶粗小皮上樓：「請跟我來。」

「你怎麼知道我就是粗小皮？」

「康小哥畫了一張你的畫像。」客棧伙計拿出一張紙遞給粗小皮。雖然線條簡單，但是背袋、頭型和衣服有六分像。

「這畫可以送我嗎？」

「當然可以。」

康亮幫粗小皮訂了一間房，設想得如此周到，爲何就不肯現身再見上一面呢？他遭遇了什麼難處嗎？粗小皮隱隱的感到不安。

粗小皮進入房間，放下背袋，簡單梳洗之後走出客棧，他打算觀察一下射箭擂臺的模樣。

兩個村子熱鬧得很，早已沒有界線可言。等著觀賞射箭大賽的人們，興味盎然的逛著街市，買把弓箭回去玩玩，或者買塊山豬窟的辣醃山豬肉，每個人手上都提著大包小包的東西。

粗小皮在街市逛著，忽然看見任八方的著作《一箭之遙》，竟然在一個賣弓箭的小鋪前擺著。

粗小皮翻到最後一頁，已經被改寫成齊勵版本了。這卑鄙的傢伙，奪人東西還這麼理直氣壯。

兩人字跡相差甚遠，任八方字跡娟秀柔美，齊勵筆力雄健，每一個字都微微朝左邊傾斜，彷彿剛剛有一陣風吹過，把那一整段文字給吹倒了。

粗小皮拿了本書走進店鋪裡，掌櫃的忙著招呼店裡的顧客，粗小皮不悅的插嘴問道：「掌櫃的，這本書是誰放在這裡寄賣的？」

掌櫃的轉頭看了粗小皮一眼，說：「天井山的齊家莊擺放的，這賣書的錢全捐了，捐給兩村子的窮苦人家。」

「你不能賣這本書，這書不是齊勵寫的。」粗小皮著。

「對，不是齊勵寫的，」掌櫃的指著書封上的名字說：「你看，作者是任八方。齊公子給了作者一大筆錢，買斷了這本書……」掌櫃的說完，轉頭繼續向客人推銷一把手工精緻的弓：「這把弓不騙你，兩個村莊裡就這把弓最好……」

粗小皮無奈的將書放回去，來到望天坑村口的射箭擂臺，這裡已經擠滿了人。兩村的箭臺旁都排著長長的隊伍，付五個銅錢，可以射一枝箭。每個人都想試試，自己的箭是否可以飛躍這個二十年都無法跨越的距離，也許自己就是這個擂臺賽等了二十年的那個神箭手。

牛頭村的粗小皮和天井山的二當家齊勵，即將在望天坑與山豬窟進行一場生死對決的消息，很快傳遍大小江湖，幾天之內已經把兩個村子所有的客棧住滿，連農家屋裡閒置的床也用來收租。這兩個偏遠的小村子，一下子暴紅，擠得人山人海。兩村的村長第一次達成共識，把箭臺周邊圍了起來，設置兩個出入口，入口還派人駐守收費。射箭擂臺周邊的樹還被砍掉，好容納更多的人觀看這場競賽。

這樣的結果，他們感到滿意，原本是兩村子積累了四十年的陳年恩怨，沒想到慢慢發展成村子的特色，每年慕名前來一試的人，把兩個貧窮的村子變得如此繁榮富裕。他們拒絕縣府將兩村合併成爲「望山鎭」的提議，合併之後，射箭擂臺賽還能存在嗎？

他們暗自希望齊勵和粗小皮這場競賽最後以失敗告終，唯有如此，他們才能繼續維持這項傳統，讓村裡的孩子們繼續學習箭術。不過他們也明白，這兩個高手勢必會分出個勝負，有了輸贏，兩個村子都是輸家，從此將失去這項有趣的競賽。

山豬窟村長齊大和望天坑村長羅阿古，兩個村長臉色沉重的一邊張羅射箭大賽的賽事，一邊暗自擔心明天如果分出勝負之後，誰還會來這兒走上射箭擂臺？沒有目標了嘛！贏了，贏什麼呢？輸了，也沒有什麼關係，反正都與山豬窟、望天坑這兩個村子無關。那來年呢？這射箭擂臺賽還辦不辦？

兩個村長站在兩個射箭擂臺的中心位置，看著穿流不息的人潮，看著拉弓射箭的人們，兩人的臉色看起來都很糟，雙眼通紅，大概整夜都愁著，沒睡吧！

「這可能是最後一次擂臺賽了。」望天坑村長羅阿古一臉失落的說。

「我都跟齊勵講過了，請他別來，他說這是他這輩子最想贏的一次。」山豬窟村長齊大說。

「這二十年來，望天坑和山豬窟的村長都換了三任了，比賽一次也沒停過，這比賽已經不是眞正的比賽了。」羅阿古說。

「這是山豬窟和望天坑的交誼賽，現在已經變成兩村子的大事了。村子的食堂多了，客棧多了，村子裡的工作都和射箭有關，製弓、製箭師，教箭術的師傅……這兩個擂臺，餵飽了兩個村子啊！」齊大感慨的說。

「這個齊勵，偏偏要進來攪局……」羅阿古搖了搖頭。

「唉，怎麼說都是我們齊家村的人，勸也勸了，就看著辦吧！」齊大說。

「不然這麼辦，分出輸贏之後，來年照樣舉辦，咱們拿出獎金，贏的人有獎金。」羅阿古興奮的提議。

「這獎金如果太少，沒人想來。」齊大說。

「那就提高獎金。」羅阿古說。

「嗯，這方法可行，可行。」齊大說。

「不然，來年改成『射月亮』大賽。」羅阿古又激動起來。

「你也太異想天開了，沒人能射下月亮。」齊大不認同。

「我沒說射下眞正的月亮。我們做一個月亮，吊得高高的，也不能太高，射下月亮的人給獎金，如何？」

「啊，有意思，這個射月亮，可行，可行。咱們再研議研議。」

「不過，這次，我看我們望天坑會贏，聽說這個來自牛頭村的少年可厲害了，一個人打敗一群武勁大賽高手。」羅阿古說。

「他功夫厲害，但是他懂箭術嗎？咱們齊勵從小習箭，一共爲山豬窟出賽七次，這回他可是做足了準備。到時候，這塊地就歸我們山豬窟了。舉辦擂臺賽，望天坑得付租金。」

「是山豬窟要付租金，你還在說那塊地……把我惹毛了，我撤了射箭臺，你們自己射山豬去……」

兩個人爭得面紅耳赤，幾乎就要打起來了。

粗小皮經過兩人身邊時，爲避免被波及，趕忙閃遠點兒。

粗小皮本想站上望天坑的射箭臺，目測一下距離，但是排隊的人實在太多了，他只能在一旁觀察。一般身形壯碩的男人，拉滿弓後射出的箭，大都落在跨越中線的中心點附近，這不是一般人能成功達到的射程。

有沒有把握？粗小皮問問自己。對手可是齊勵，一個從小就鑽研箭術的人。明天的競賽，沒有任何規則，那枝箭可以朝對方身體的任何一個部位瞄準，自己有沒有把握？他眞的不知道。他甚至爲自己的沒把握感到不安。

這晚，天空掛著朦朧的月，夜色溫和寧靜，粗小皮坐在窗邊，就著一盞油燈，縫著牛皮碎片。他好久沒這麼做了，靜下心來將牛皮剩料縫成一塊完成的材料，讓他感到喜悅，他想起老粗師傅，想起麥甜和康亮，他甚至想起十三尖山裡的紫嚕嚕獸，由於太想念牛頭村的生活，他甚至出現彷彿置身在老粗補鞋鋪的錯覺。

粗小皮看見手指頭上荀菲包紮的傷口，他的心又煩亂起來。

粗小皮想起了修執師父。他打開背袋，取出修執師父送他的僧衣，這是眞眞實實的一件僧衣啊！修執師父是眞實存在的呀！他換上僧衣，安靜的在床上靜坐，試著只關注自己的呼吸。然後，很快的他就倒在床上睡著了。

第二天一早，粗小皮換回自己的衣服，下樓去用餐。

客棧掌櫃的吩咐廚房，給粗小皮準備了一份營養又豐盛的早餐。

「小粗師傅代表我們望天坑出賽，這是我們的心意，希望你能幫我們贏回那塊地。」掌櫃的來到粗小皮桌前，表達了他的心意。

粗小皮只能謝了又謝，客套的回應幾句。他趕緊吃完早餐，收拾好所有的東西，便退房離開客棧。他騎上馬，來到射箭擂臺賽場地。

看臺已經佈置好了，許多觀眾早早坐在看臺上等著好戲開鑼。

粗小皮將背袋放在擂臺邊，緩緩的走上望天坑的射箭擂臺。這下終於清楚的看見山豬窟的射箭臺，就像豆腐塊那麼小。

很快的，看臺上的位置就坐滿了，人潮外溢到看臺外圍，周圍零星的幾棵樹上也坐著一些人。

粗小皮朝人群掃視了一遍，他似乎看見康亮了，但是瞬間他就不見了！是自己眼花嗎？這麼近，心卻這麼遠，你不是說過要來江湖找我嗎？我此刻就在江湖裡了，怎麼就不願意靠近一點再寒暄兩句呢？如果今天我被齊勵一箭射中胸膛或腦門，康亮，你願意將我帶回牛頭村安葬嗎？

齊家莊的人也來了，他們神情嚴肅的坐在看臺等著。

粗小皮看見任八方了，他整個人的狀態極好，臉色紅潤，精神奕奕，自信滿滿，他似乎對粗小皮很有信心。

接著，粗小皮看見荀菲了，她坐在最遠的看臺上，臉上掛著淺淺的微笑，朝他點點頭，要他加油。粗小皮也點頭回應。

如果修執師父也在現場，他會對自己說什麼呢？才剛剛這麼想，粗小皮就看見修執師父站在人群中看著他，他的身旁圍繞著一圈微弱的光。

「我該怎麼做呢？修執師父。」粗小皮問著。

「要讓箭飛多遠，你自己決定。」修執依然一副事不關己的模樣。「只是一場射箭比賽，要不要認真，你自己決定。」

「我能控制自己的箭飛行的方向，但是，我無法控制對手的。對手很強，我又該如何呢？我可能會被射死，我並不想死。」

「我也不想死，但是我卻死了。生死有命。」

「你若真死了，怎還能送我僧衣，和我說話呢？」

「有人死了就真死了，有些人死了，魂還在。」

「如果我只想解決問題，而選擇示弱，那麼，我是個懦夫嗎？」

「如果你確定示弱可以解決問題，就不會是懦夫。但是你怎麼確定，真的可以解決問題，而不是激發出更大的問題呢？修正啊，你為誰而戰呢？」

「我……為……誰……」

「你想成為怎樣的人，你自己決定。」

「我明白了。修執師父，我以後還能對你報告我的生活所見、所想嗎？」

「你的人生你自己決定。」

修執師父露出一抹微笑後，慢慢淡去、淡去……終於消失得無影無蹤。

齊勵緩步走上射箭臺，這個他從小就嚮往的擂臺，他曾經七度站在這裡，射出七枝箭，那些箭都插進草地裡，彷彿對著望天坑的箭臺俯首稱臣一般。這感覺讓他憤怒，但又都無能爲力讓箭再飛遠一點。

現在不同了，他將會有所作爲。

山豬窟村長齊大拿著鑼鼓，站在看臺前方的一個平臺上，敲了兩聲響鑼後，大聲的對所有人說話：「歡迎各位貴客來到我們山豬窟和望天坑，參與這一年一度的盛會。今天兩方箭臺上站著的神箭手，都是響噹噹的人物。代表望天坑出賽的，是來自牛頭村的粗小皮，他的『飛針神功』已經傳遍大小江湖，別惹他，否則你可能會被縫在樹上。」

飛針神功？粗小皮第一次聽聞。

「代表山豬窟出賽的，是我們齊家的子弟齊勵。他從小習箭，讓箭術在山豬窟發揚光大，他曾經七度代表山豬窟出賽，這次是他第八度站上射箭臺。這是一場精彩的對決，大家千萬不要眨眼，否則你會錯過精彩的那一瞬間。」齊大村長說完，將鑼交給望天坑村長。

「各位，現在就來說明射箭擂臺賽的規則。平常時候，只要誰的箭能飛抵對方的射箭臺就算贏了，但是，今天是高手對決，擂臺賽的規則有些變動。這箭，可以，自由飛。」望天坑村長羅阿古說。

讓箭自由飛？這是什麼意思？粗小皮皺了一下眉頭。

「現場有十名大夫。如果有人受傷了，會立即給予治療。」齊大村長補充說。

粗小皮心沉了一下，這箭朝人的身體飛去也沒問題就是了。

「好，兩位神射手聽好了，鑼鼓響起的那一剎那，才能舉弓上弦。」羅阿古說。

現場一陣靜默，所有的人都摒息以待，這場競賽從開始到結束的時間，差不多就是打完一個噴嚏的光景，誰都不想錯過。

粗小皮左手握著弓，右手三指捏著箭尾，等著。他看著齊勵，雖然他現在在遠處的身形，小到就像麥甜用稻稈編織的比巴掌還小的黑衣人，但是，他還是把齊勵看得清清楚楚，齊勵肯定也把自己看得清清楚楚。他完全不知道齊勵怎麼想的，從齊勵的話語當中也沒透露半點訊息，自己也沒有，不是嗎？想置對方於死地嗎？彼此並沒有深仇大恨啊！他是被逼來的，他得讓自己全身而退，一點也不想為了這樣的競賽而喪命。他想將箭鏃朝齊勵的身體射過去嗎？他想為任八方報這一陣子受盡折磨的仇嗎？任八方也沒求他那樣做，齊家莊和官府的勾結，未來將出現正氣的、敢作為的如簡植和武傑這類的大

捕頭來收拾，輪不到他一個小鞋匠。

這是一場競賽，他既然決定走上這擂臺，就得為自己而戰，但箭要怎麼飛，讓箭自己決定。

一陣風吹來，這風竟然迎面吹來……連風都站在齊勵那一邊，再微小的風都可以干擾或推動箭的飛行速度……

羅阿古村長高高舉起敲鑼棒，重重的敲下。

匡！

鑼聲餘音還在空中迴盪，兩人夾著箭尾的手同時撒放，兩枝箭劃破空氣飛了出去……

第二十六章　古道上的童謠

入冬了，天氣變得特別寒冷。雖然冷，但是粗小皮在東大城把馬還給莫子離之後，還是去剃光了頭髮。

「我也去。」莫子離竟然跟著去，也剃了個大光頭。

「你就要去當縣令了，剃個大光頭，沒關係嗎？」粗小皮笑著問。

「有什麼關係？沒規定當縣令一定要有頭髮，是吧！」莫子離笑得很是得意：「我們會再見面的。」

粗小皮可不認為他們會再見面呢。這次回牛頭村，他不打算離開了。

粗小皮綁上麥甜送他的那條頭巾，踏上了千里古道。

前頭有個背伕牽著驢子，兩側的竹籃子裝著麵粉、鍋具，多麼熟悉又美麗的風景。

這是一條活躍的古道啊！

對岸的楓葉紅得更深沉了，一陣風吹來，楓葉紛紛飄落，等楓葉落盡，春天就來了。

粗小皮聽見前方有三個孩童在唱歌。

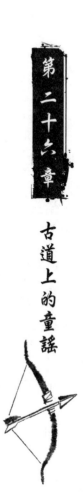

千里古道長又長，
背袋裡要有一雙備用鞋，
穿破一雙還有一雙穿。
千里古道彎又彎，路上有個禮讓彎，
你若心浮氣又躁，
姑娘不讓、老人不讓，那驢子要將你踢下崖，
倒掛在那枯木上，
唉喲喂呀，唉喲喂呀，我的親娘呀！
快叫鞋匠粗小俠，求他拉你一把。
千里古道遠又遠，
雷爾鎮走到塔伊鎮，中間停了牛頭村，
住一晚，喝涼茶，聽那老牛哞哞叫。

粗小皮心頭一驚，這是誰寫的歌謠啊，怎麼把他給寫進去了？

粗小皮走向孩童，問著：「誰教你們唱這首歌的？」

「我們在雷爾鎮學的，大家都在唱，都說走在千里古道上唱這首歌，山神會滿心歡喜。」有個大眼睛男孩天眞的說。那男孩看著粗小皮，卻不識眼前這人就是歌謠裡的粗

小俠。

粗小皮道過謝後，加快腳步超越孩子，往前走去。

一陣風吹過溪谷，樹梢嘩啦嘩啦唰啦唰啦的彼此推擠嬉鬧。

粗小皮現在還能感受到鑼鼓響起前迎面吹來的那陣風，那風站在齊勵那一邊，會將齊勵的箭推得更快。粗小皮告訴自己，不要急躁，不要分心，康亮堆得老高的蒸籠所以不會倒，是因爲康亮掌握得住那風，先順應風，就能操控它……

粗小皮豎直耳朵，把專注力放在那面鑼，當敲擊槌剛剛碰觸鑼鼓，他就上弦拉弓放箭了，他的箭逆風而去……他堅決的相信，逆風，會讓箭鏃更加熱血沸騰，破風前進。觀看的群眾全都站了起來，兩枝箭飛行的速度快如眨眼，他們還沒看清楚，比賽就結束了。

粗小皮射出去的箭，箭鏃剛巧就插進齊勵鞋子的鞋尖上。

齊勵的箭，則射穿了粗小皮身後擂臺的柱子。

粗小皮的劍射中了齊勵的鞋子，齊勵的箭射穿了望天坑擂臺的柱子，這算誰贏呢？兩個村子又吵了起來，吵到不可開交。

粗小皮扔下弓箭，又解下腰間的箭袋，扔在箭臺上。他走下箭臺，背起背袋，在一片吵雜聲中走向他的馬，跨上馬背，大叫一聲「駕！」，將吵嚷的聲音遠遠的拋在身後……

誰輸誰贏，粗小皮沒有很在意，他只想安全的走下射箭臺，離開。
他沒有回頭看齊勵一眼，也沒有朝看臺望去。
有些人，這輩子是不會再見面了。

千里古道長又長，
背袋裡要有一雙備用鞋，
穿破一雙還有一雙穿。
千里古道彎又彎，路上有個禮讓彎，
你若心浮氣又躁，
姑娘不讓、老人不讓，那驢子要將你踢下崖，
倒掛在那枯木上，
唉喲喂呀，唉喲喂呀，我的親娘呀！
快叫鞋匠粗小俠，求他拉你一把。
千里古道遠又遠，
雷爾鎮走到塔伊鎮，中間停了牛頭村，
住一晚，喝涼茶，聽那老牛哞哞叫。

粗小皮心情有些緊張又有些激動，就快見到老粗師傅了，他還是老樣子吧！麥甜呢？她好嗎？粗小皮有些害怕見到康亮他爹和他娘，他不忍見到那兩雙憂心的眼神。

粗小皮調整好心情，牛頭村就快到了。

【後記】

張友漁談《一箭之遙》

Q：《一箭之遙》中有個修執和尚，竟以「魂」的方式出現在粗小皮面前，營造一種玄異感受。您爲何會做這樣的設定？關於「靈魂出竅」，您的看法又是如何？

A：我們都聽過有過瀕死經歷的人講述靈魂的短暫出走；也聽過刑案偵查員夢見死者求助，並且提供線索因而破案的實例。我和朋友去森林步道健行，我看著她正對著前方的山谷拍照，忽然她慌張的走向我說，「有人」在她的耳畔說：「有什麼好看的？」

這些例子說明了有些人的體質，是可以與第三空間的人有一些短暫卻眞實的接觸。

修執師父生命最後的微光，在牛頭村逗留時，看見粗小皮走上千里古道即將遠行，便決定一路跟上。在路程中，粗小皮與修執師父有一些思考上的撞擊，就是他願意將生命最後的智慧，用在粗小皮身上。

Q：粗小皮走出牛頭村，眞正踏入爾虞我詐、身不由己的大江湖，面對種種迷惘與考驗，「你自己決定」幾乎成爲書中一句口頭禪，您想要粗小皮用什麼樣的心來面對江湖呢？

A：當我們面對困難的抉擇時，會想尋求別人的意見，甚至希望別人直接幫我們拿主意。我們都在逃避什麼，不想做決定，因爲一旦做出壞的決定，我們就會很痛苦。

修執和粗小皮對話之後，丟下的最後一句都是，你自己決定。

當我們得自己決定的時候，就不敢輕率了，我們會顧前思後，再多琢磨一下，才做出選擇。

修執師父並沒有明確的給出人生的指引，只是要粗小皮做決定的時候，或者對自己的作爲有所懷疑的時候，能夠多思考一下，而不是貿貿然就去做。我們的人生也是這樣，緩一緩，想一想，再做出決定。

Q：《一箭之遙》故事裡眞的有《一箭之遙》這本書，但同時又是正在發生的事，結局到底如何，每一個讀者其實都可以有自己的想像。聽說您曾構思了好幾種不同結局？

A：是的，對於結局有好幾個版本，眞的很糾結。我在最後的結局裡困了很久，陷入瓶頸泥沼裡，脫不了身。寫作三十年了，始終明白，結局非常重要，就像體操選手，完成諸多高難度的技巧之後，仍需要一個完美的落地。

寫作的人都知道，別把空間塡得太滿，得留些想像空間給民間高手。我相信讀者群裡臥虎藏龍，早有「高手」磨刀霍霍，爲更有創意的結局出招了。

Q：您爲何想以「射箭」擂臺做爲這集的壓軸戲？您自己曾接觸過「射箭」這項技藝嗎？

A：我人生第一次摸到弓箭，是在二十幾年前。當時參加省教育廳舉辦的兒童文學創作獎，得獎了。頒獎典禮之後，主辦方招待所有得獎者到九族文化村遊玩（那時候得獎的待遇很不錯哩！），有一個射箭練習的攤位，我拿起弓箭，上弦，放箭。我的臉頰被彈回來的弓弦打到，疼死了！那時候，溫文儒雅的高個子書生林世仁，就站在旁邊拉弓射箭。

寫作這本書時，曾經到射箭教室去學習射箭，認識各種弓箭。玩了兩個小時，拉弓，放箭，想像自己是神箭手……

故事的軸線已經畫好，軸心就是故事裡的一本書。但是書名遲遲未定，我在家裡的黑板上寫下十數個可能的書名，每天在客廳踱步、思考，都不理想。有一天，我又在客廳踱步，「一箭之遙」這句成語，忽然就跳了出來，故事就此定調。

只要你一直處在思考的狀態裡，就一定能想到讓你滿意的點子。

Q：這集康亮每次現身，都充滿神秘感，對粗小皮也有些生分，這是不是預告著第三集兩人之間的友誼將出現變化？

A：是的。第三集中，康亮的戲分就會多很多，和粗小皮對招的次數也會多很多。

Q：粗小皮雖然功力深厚，從使用針線到長柄鐵鍋，您有想過爲粗小皮打造一件新奇響亮的兵器嗎？

A：有的有的，第三集粗小皮會收到一份神秘的禮物，一把專門爲他量身打造的武器。

Q：這集幾乎都是新登場的人物，除了主角外，您自己最喜歡這集裡的哪個角色？

A：我喜歡假冒任八方的齊勵。

遇到任八方後，他把苦悶的自己收藏起來，變成說書人任八方，用任八方的方式生活，還活得很自在快樂。他需要任八方，卻又想置他於死地，想完全取代他。齊勵是個悲劇角色，他的內心痛苦，人格分裂。

齊勵的狀態和作家有點像。作家進入寫作狀態之後，把自己分裂成十數個筆下角色，在書裡使壞、仗義、偷竊、救人、行醫、使小詭計……

寄生在自己虛構的角色裡，就像離開自己一段時間去體驗不同的人生。

寫作的痛苦和快樂一樣多啊！當角色與情節卡住時，作者就得走出小說，回到現實社會，重新感受人生的困境與那些巨大的焦慮與慌張。

Q：寫作武俠小說，非得要用非常誇張的手法來表現他們的功夫嗎？

A：絕對需要誇張表現，但是要有合理解釋。

飛天遁地行不行？行。飛天，因爲內力深厚，一個蹬腳，就躍上屋頂。遁地呢？忽然像地鼠那樣鑽進地裡再鑽出來，要有一個合理的說法。給他的絕招取一個名字，地鼠功或其他什麼功；或者讓他擁有一個超強的武器可以鑽土，鑽進去又鑽出來。

那麼，可以設計一個瞬間消失、又瞬間移位的人嗎？可以的。但同樣的，你得爲他們的絕活給一個合理的說法，說服讀者。撒出一陣煙或塵，利用障眼法，讓這些人迅速消失也行。

我認爲，寫作武俠小說，很重要的關鍵在武器。你先發明三到五種武器，使用這些武器的人，怎麼贏、怎麼輸都要先想好。沒有一種武器永遠只有贏，一個人使用一個有趣的武器，一直輸，輸得很慘，最後要讓他贏一次，在最關鍵的點上讓他贏。或者，就在讀者以爲他就要贏了的時候，讓他再輸一次。

這就是寫作武俠小說迷人的地方，沒有絕對的輸和贏。

Q：關於這本書，還有什麼要補充的嗎？

A：這本書是我創作以來，和出版社編輯團隊「最密切」接觸的一本書。

這本書寫了很多版本，改來改去，改到後來自己也亂成一團。出版社的編輯們給我非常專業的協助，耐心的與我討論情節，幫我解開那一團亂麻。在我感覺疲乏之時，對我說：「編輯團隊是你的後盾。」

超級感動，也超級感謝！

感謝這本書的繪圖者一先，感謝編輯團隊祥琳、孜懃和曼靈，沒有你們，這本書還陷在泥沼裡。

國家圖書館出版品預行編目（CIP）資料

一箭之遙 / 張友漁著 . -- 初版 . -- 臺北市：遠流，2022.09
面；　公分 --（「誰在江湖？」系列；2）

ISBN 978-957-32-9713-0（平裝）

863.57　　111012580

誰在江湖？2

一箭之遙

作者／張友漁
封面、內頁繪圖／林一先

副總編輯／鄭祥琳
主編／林孜懃
封面設計／唐壽南
內頁設計排版／中原造像
行銷企劃／鍾曼靈
出版一部總編輯暨總監／王明雪

發行人／王榮文
出版發行／遠流出版事業股份有限公司
地址／臺北市中山北路一段 11 號 13 樓
電話／（02）2571-0297
傳眞／（02）2571-0197
郵撥／0189456-1
著作權顧問／蕭雄淋律師
□ 2022 年 9 月 1 日　初版一刷

定價／新臺幣 350 元（缺頁或破損的書，請寄回更換）

ISBN 978-957-32-9713-0

遠流博識網 http://www.ylib.com E-mail: ylib@ylib.com
遠流粉絲團 https://www.facebook.com/ylibfans